FOLIOTHÈQUE

Collection dirigée par

Bruno Vercier

Maître de conférences
à l'Université de
la Sorbonne Nouvelle - Paris III

Charles Baudelaire

Les Fleurs du Mal

par Claude Launay

Claude Launay

présente

Les Fleurs du Mal

de Charles Baudelaire

Gallimard

Claude Launay, agrégé de l'Université, est auteur d'essais sur Sartre (Hatier) et Paul Valéry (La Manufacture et La Table Ronde). Il prépare un ouvrage sur Baudelaire et la modernité.

ABRÉVIATIONS UTILISÉES

Les citations sont extraites des éditions suivantes :

PG — *Les Fleurs du Mal*, Poésie/Gallimard, 1972.

OC I et *II* — *Œuvres complètes*, Gallimard, Bibliothèque de la Pléiade, 1975-1976.

Corr I et *II* — *Correspondance de Baudelaire*, Gallimard, Bibliothèque de la Pléiade, 1973.

Dans les notes, les références des citations sont données brièvement. On trouvera les références complètes dans la Bibliographie.

Le lecteur trouvera en outre un index des poèmes et de quelques thèmes des *Fleurs du Mal* pour lui permettre de les retrouver dans la partie Essai.

Les Fleurs du Mal ne sont pas un recueil de pièces de circonstance juxtaposées au hasard, mais un ensemble de poèmes dont la diversité d'origine et de sujets est soumise à l'unité d'inspiration, encore renforcée dans notre édition de 1861, la dernière revue par le poète.

Notre commentaire suit donc le développement dramatique de cette conscience en proie à l'idéal et fascinée par le présent. Produits d'une lente maturation, les poèmes ont révélé à Baudelaire leur valeur de situation dans cet ensemble qu'il enrichit sans cesse et qui doit donner à chacun d'eux le relief le plus « voyant ».

Aussi, pas plus qu'il ne peut se contenter de ces morceaux choisis qui martyrisent *Les Fleurs du Mal*, l'amateur de poésie ne peut renoncer à suivre l'itinéraire de Baudelaire selon les cycles de cette odyssée de la conscience dans le mal, chaque étape préparant la suivante selon une progression faite d'analogies et de contrastes.

Dans cette Comédie du Mal — au sens de *La Divine Comédie* — le cercle amorcé par les deux premiers poèmes, l'avertissement *Au lecteur* et *Bénédiction*, se referme avec un des poèmes-phares du recueil, *Le Voyage*, conclusion de cette sombre symphonie dans laquelle Baudelaire rejette toutes les tentatives illusoires d'évasion pour ne célébrer que le véritable départ pour l'Inconnu :

« Ô Mort, vieux capitaine, il est temps ! levons l'ancre ! »

I L'ADMIRABLE VOCATION POÉTIQUE

L'HOMO DUPLEX

Le monde est en proie à l'ennui ; aussi toutes les formes de l'évasion vont-elles solliciter l'être humain. Elles sont évoquées dans le poème *Au Lecteur* et elles le seront dans la symphonie finale du recueil, *Le Voyage*, qui dissipe toutes les illusions. Le poème liminaire offre une synthèse des tares qui tourmentent cette victime de l'ennui qu'est l'homme de la Babel moderne, Narcisse sombre qui alimente ses « aimables remords ». Voici l'oxymore qui met au premier plan l'héautontimorouménos, le bourreau de lui-même présent dans toutes *Les Fleurs du Mal*. Il est incarné par le poète dès *Bénédiction*, titre antiphase puisque le poète y est maudit, surtout par sa mère et par sa femme, elle qui raffine encore dans la cruauté à son égard. Celles qui devaient verser l'amour concentrent au contraire toute la haine de la collectivité qui rejette ce monstre inutile, le poète, voué à une solitude fatale. Mais cette malédiction confirme l'élection du poète, celui qui va découvrir par son langage la beauté nécessaire à « l'hypocrite lecteur », sans que celui-ci le sache et là où il ne la voit pas, par exemple dans le Mal. La relation avec le poème *Au Lecteur* apparaît dès le premier vers : c'est par « décret des puissances suprêmes » que le poète est imposé « à ce monde ennuyé ». Objet de toutes les dérisions, jouet du vulgaire dans *L'Albatros* et caricature d'Hamlet dans *La Béatrice*, il s'éprouve, par vocation, inadapté aux exigences du siècle et ne peut répondre au rêve de réussite mondaine de son entourage. La biographie ne fait ici que confirmer, en marquant l'opposition à Aupick, ce beau-père rigoureux, et donc à son épouse figée sur son quant-à-soi de bourgeoise, les mésaventures du poète dans notre société moderne. La poésie n'y paraît pas indispensable. Et Baudelaire nous rappelle, au seuil des *Fleurs du Mal*, que la poésie se nourrit du défi que lui lancent la satisfaction béate et l'incompréhension naturelle aux êtres abrutis d'ennui, de désirs médiocres et de loisirs collectifs.

L'*Homo duplex* qu'est le poète, comme tout être qui pense, éprouve vivement les contradictions de l'action et de l'intention, du rêve et de la réalité « toujours l'un nuisant à l'autre, l'un usurpant la part de l'autre » selon Baudelaire analysant *La Double Vie* de son ami Asselineau[1]. Dans une des nouvelles de ce livre un voyageur « lettré » refuse dans un éclat de rire la fille de la bonne aubergiste et préfère obéir à un idéal de bonheur inaccessible.

Dans le poème *La Voix*[2] l'enfant prédestiné est en proie aux tentations contradictoires du « gâteau plein de douceur », c'est-à-dire des satisfactions immédiates, faciles et communes, et de la séduction de l'étrange et du rêve qui développe ses images dans les espaces qui donnent le

1. *OC II*, p. 87.

2. *PG*, p. 198.

pressentiment de l'infini : le ciel, le désert et la mer. Un vers de ce poème se détache et définit la fonction de cette destinée paradoxale. Celui qui est, rejeté par ses frères humains, affirme :

« [...] Derrière les décors
De l'existence immense, au plus noir de l'abîme,
Je vois distinctement des mondes singuliers[1]. »

1. *PG*, p. 198.

Nous sommes ici à l'origine de l'entreprise poétique que Baudelaire qualifie dans son étude sur Constantin Guys, *Le Peintre de la vie moderne*[2] :

2. *OC II*, p. 690.

« Mais le génie n'est que l'*enfance retrouvée* à volonté, l'enfance douée maintenant, pour s'exprimer, d'organes virils et de l'esprit analytique qui lui permet d'ordonner la somme des matériaux involontairement amassée. »

Ainsi le poète est-il conscient que la voix persuasive qui l'a détourné des plaisirs matériels et charnels communs a allumé dans son cœur une « ardeur inquiète », selon l'expression qu'il emploie dans la quatrième partie du *Voyage*. La vocation, les nourritures célestes inspirent une poétique qui est lentement élaborée à partir d'une expérience douloureuse, approfondie, exploitée par une analyse à laquelle des lectures comme *Volupté* de Sainte-Beuve lui ont permis de s'exercer avec délices. L'unité véritable de ce moi, divisé par des aspirations contradictoires, sera conquise sur ce désarroi car le poète ne peut la tenir que de la maîtrise d'un art qui exige un apprentissage passionné à l'école des plus grands maîtres. Baudelaire aura toujours la nostalgie de ces écoles, de ces ateliers où l'on s'initiait aux arcanes d'un métier dont la première condition était le culte de la beauté. Le Romantisme, mais aussi l'atelier de David ou celui d'Ingres supposaient encore une communauté d'inspiration et de connaissances infaillibles, nécessaires pour former l'artiste.

LE LIVRE À VENIR : NÉCESSITÉ DE LA POÉSIE

Très tôt Baudelaire a eu la plus vive conscience de sa destinée vouée à la création et au lent travail nécessaire à l'élaboration des formes poétiques. Dès 1843, ses familiers ont lu, ou l'ont entendu dire, une vingtaine de poèmes des *Fleurs du Mal*, et sans doute davantage. Prarond en cite seize : *L'Albatros, La Géante, Don Juan aux enfers, Une Charogne, À une Malabaraise, Le Rebelle, Les Yeux de Berthe, L'Âme du Vin, Le Vin du Chiffonnier, Le Vin de l'Assassin, Allégorie, Le Crépuscule du Matin, Je t'adore à l'égal de la voûte nocturne, Une nuit que j'étais près d'une affreuse Juive, La Servante au grand cœur, Je n'ai pas oublié, voisine de la ville.*

À quoi il faut ajouter trois sonnets : *À une Dame créole, Sur « Le Tasse en prison » d'Eugène Delacroix, À Théodore de Banville*, puis : *À une Mendiante rousse* et encore trois sonnets :

Le Rêve d'un Curieux, La Lune offensée et *Les Deux Bonnes Sœurs*.

C'est dire combien la lente maturation de l'œuvre est essentielle pour ce poète si peu pressé de publier des poèmes qui ne seraient pas suffisamment achevés. L'homme blessé dans sa volonté de vivre sa vocation, d'exploiter son activité mentale et ce don qui fait son originalité, là réside le tragique de la situation du poète Baudelaire. Elle dépasse les simples misères de l'homme accablé par la souffrance physique, car il y a pire : « C'est la peur de voir s'user et péricliter, et disparaître, dans cette horrible existence pleine de secousses, l'admirable faculté poétique, la netteté des idées, et la puissance d'espérance qui constituent en réalité, mon capital. Ma chère mère, vous ignorez tellement ce que c'est qu'une existence de poète, que sans doute vous ne comprendrez pas grand chose à cet argument là ; c'est cependant là que gît ma principale frayeur : *je ne veux pas crever obscurément*, je ne veux pas voir venir la vieillesse sans une vie régulière, *je ne m'y résignerai JAMAIS*[1]... »

1. Lettre à sa mère, 20 décembre 1855.

Alors donc que l'accablent ces douleurs physiques qui ne cesseront guère, c'est surtout la *peur*, sous toutes ses formes, qui le tourmente : peur de la mort subite, peur de vivre trop vieux et de voir mourir sa mère et, plus simplement, « la peur de m'endormir et l'horreur de me réveiller ». Cette « léthargie prolongée qui fait renvoyer pendant des mois les choses les plus pressées » le dresse contre l'humanité qui lui semble complice ironique de son impuissance. Aussi l'idée fixe du travail l'occupe-t-elle comme une autre douleur identifiée à cette conscience aiguë d'avoir à manifester, sans contestation possible, l'excellence de ses dons de poète. Idée qui réapparaît sans cesse dans la correspondance et dans les notes de Baudelaire et qui tourne à l'obsession du devoir quotidien auquel il faut s'astreindre, quoi qu'il en coûte. Ce qui augmente en lui le sentiment de culpabilité par la conscience du temps gaspillé :

« Je me considère comme un grand coupable ayant abusé de ma vie, de mes facultés, de ma santé, comme ayant perdu vingt ans dans la rêverie[1]. »

1. Lettre du 25 novembre 1863.

L'Ennemi, selon Asselineau, serait « la clef et la moralité du livre ». Le temps est l'ennemi qui recèle la menace obscure et fatale de la mort imprévisible. Et c'est de la sourde angoisse des forces perdues que naît l'ennui. En 1846, Baudelaire ne croyait guère au « guignon » et n'y voyait, dans ses *Conseils aux jeunes littérateurs*, que l'excuse aux faiblesses complaisantes. Mais son expérience, qui a trouvé son expression dramatique dans le destin jumeau d'Edgar Poe, lui apparaît plus tard dans sa vérité de destin fatal sur fond de société mercantile et matérialiste. Dans la lignée de Chatterton et des martyrs de la poésie (dont Vigny a proposé les figures exemplaires dans *Stello*), Poe est pour lui désormais la figure emblématique du poète persécuté dont l'inspiration est fille de la méditation. Il est, ainsi que Delacroix, un de ces rares artistes dont le dandysme s'accorde en profondeur avec la passion de la connaissance et la vigueur de la pensée. Poe confirme le refus baudelairien de toute poésie didactique et, en même temps, sa conviction profonde que l'idée poétique ne trouve sa plénitude qu'enfermée dans une forme qui en concentre au plus haut degré la force suggestive :

« Vous savez que l'infini paraît plus profond quand il est plus resserré[1]. »

1. *Salon de 1859.*

Nous verrons que la prédilection de Baudelaire pour certaines formes classiques, comme le sonnet, confirme qu'il s'agit bien d'un principe de sa poétique de la concentration, car tous les tons, de la bouffonnerie à la tragédie, peuvent s'y exprimer.

Pour Baudelaire la vie et l'œuvre d'Edgar Poe illustrent bien cette « bénédiction » paradoxale du poète qui est le sujet d'une vocation sublime et dont la première preuve est son « esprit lucide » acceptant cette souffrance, comme « remède à nos impuretés », et

« Qui prépare les forts aux saintes voluptés[2] ! »

2. *PG*, p. 35.

LE RÔLE SOLAIRE DU POÈTE

C'est moins le destin de l'homme en effet qui est le sujet des *Fleurs du Mal* que celui du poète, témoin du Mal. Il est soutenu par l'orgueil de celui qui éprouve en lui toutes les faiblesses de l'homme sensible et trop irritable, en même temps qu'une grande force qui lui permet, sinon de surmonter sa faiblesse, du moins de l'exploiter comme une forme du Mal et de libérer son esprit créateur. Esprit couronné à la fin de *Bénédiction* de cette « pure lumière »,

« Puisée au foyer saint des rayons primitifs. »

Car l'élément divin par excellence et nécessaire à la vie, le soleil, est aussi l'astre de notre nature spirituelle. Astre de la vie intérieure, sa lumière semble émaner de « ce rouge soleil que l'on nomme l'amour », évoqué par Delphine dans *Femmes damnées* et par le poète qui, s'adressant à sa compagne dans *Une Charogne*, l'appelle « soleil de ma nature ». En la personne du poète s'opère le sacrifice, par la *souffrance* : solitude et malédiction lancée par des « peuples furieux ». Elle constitue sa « noblesse unique », inséparable de sa vocation visionnaire, par nature étrangère à l'aveuglement humain, puisque « les yeux mortels » ne sont que des miroirs obscurcis et plaintifs *(Bénédiction)* des « rayons primitifs » du soleil spirituel, origine au contraire, chez le poète, des « vastes éclairs de son esprit lucide ».

Le rôle « solaire » du poète est mis en relief par le poème qui suivait *Bénédiction* dans l'édition de 1857, et qui appartiendra aux *Tableaux parisiens* de la deuxième édition du recueil (1861), *Le Soleil*. L'astre et le poète jouissent du pouvoir de transfiguration. Il y a une lumière propre à la création poétique qui est de nature paradoxale, puisqu'elle est à la fois cette cruelle clarté, cette infaillible lucidité qui débusque la misère comme la grandeur, et cette ardeur qui inspire l'artiste dans sa recherche de la forme la plus révélatrice, au cours d'une flânerie laborieuse que le hasard favorise de ces rimes ou de ces « vers donnés » dont parlera Valéry. Alliance bienheureuse de la concentration mentale et du travail du langage qui fait naître la trouvaille :

« Quand le soleil cruel frappe à coups redoublés [...]
Je vais m'exercer seul à ma fantasque escrime,
Flairant dans tous les coins les hasards de la rime[1]. »

1. *PG*, p. 115.

« Père nourricier », le soleil féconde la nature et réveille l'esprit (les cerveaux). Il efface les soucis, rend gais les éclopés et prépare les moissons spirituelles. C'est donc transfigurer, ou « ennoblir » les êtres misérables ou résignés à leur misère. La vie de la nature et l'esprit de l'homme sont régénérés et peuvent produire leur miel. Au contraire, *L'Albatros*, poème ancien qui s'enrichit d'une troisième strophe en 1859, accuse le conflit tragique qui oppose le prince des espaces imaginaires à la cruauté aveugle et gratuite de la vulgarité satisfaite.

En 1861, à *L'Albatros* fait suite *Élévation* dont on a suggéré, en relevant certaines analogies, qu'il reflétait l'influence d'une audition de *Lohengrin*. Le poète y évolue à une altitude qui amplifie son intelligence de la réalité et lui permet d'en interpréter tous les hiéroglyphes. Ici encore il s'agit de l'esprit qui éprouve la plénitude de ses pouvoirs, libéré du voisinage des créatures terrestres et les déchiffrant sereinement. En effet, nous retrouvons la même affinité entre l'esprit libéré, tout à la volupté de son étonnante maîtrise, et le soleil :

« Le feu clair qui remplit les espaces limpides. »

Car la vigueur évoquée dans ce poème est bien celle de l'esprit. « Mon esprit », « Celui dont les pensers », et « comprend sans effort »... sont des expressions qui ne trompent pas sur la nature de l'énergie intellectuelle, ou si l'on veut spirituelle, qui correspond à cet essor merveilleux.

LE CULTE DES IMAGES

Quand Baudelaire célèbre dans un véritable poème en prose du *Salon de 1846*[1] l'harmonie colorée du monde, c'est pour montrer comment le peintre idéal joue de la lumière par les contrastes et les accords des tons dont la valeur change à mesure que le soleil se couche :

1. *OC II*, p. 423.

« Quand le grand foyer descend dans les eaux, de rouges fanfares s'élancent de tous côtés, une sanglante harmonie éclate à l'horizon et le vert s'empourpre richement. »

C'est là une transposition d'un imaginaire

tableau de Delacroix comme on en retrouve dans les *Fleurs (Les Phares, Une Martyre)*. Il s'agit d'une nature transformée par le tempérament d'un artiste obéissant à son idéal d'expression et cherchant à rendre par la métamorphose imposée au paysage « l'éclatante vérité de son harmonie native », selon la formule de Baudelaire dans le même *Salon*[1].

1. *OC II*, p. 456.

Enfant, Baudelaire glorifie déjà le culte des images, « ma grande, mon unique passion[2] », et il fréquentera constamment le Louvre et les ateliers d'artistes. Il se fait un regard savant, exigeant du tableau comme du poème une harmonie voulue, aux effets certains sur le spectateur ou le lecteur. La nature n'est qu'un point de départ, un dictionnaire, dit Delacroix, et l'idéal qu'y discerne l'artiste, mêlé à ses rêveries et ses souvenirs, opère la métamorphose du paysage en tableau. Cette notion se retrouve dans le *Salon de 1846* :

2. *OC I*, p. 701.

« Le souvenir est le grand critérium de l'art ; l'art est une mnémotechnie du beau, or l'imitation exacte gâte le souvenir. »

La vérité qu'exigent et que discernent l'œil et l'esprit ne souffre aucune complaisance. Ainsi « le vice est séduisant, il faut le peindre séduisant[3] » ; telle est l'affirmation à l'origine des *Fleurs du Mal*. Baudelaire complète sa pensée à la même page où il s'attaque à la littérature moralisante :

3. *OC II*, p. 41.

« La première condition nécessaire pour faire un art sain est la croyance à l'*unité intégrale*. Je défie qu'on me trouve un seul ouvrage d'imagination qui réunisse *toutes* les conditions du beau et qui soit un ouvrage pernicieux. »

L'unité intégrale est cette harmonie conquise sur la nature, implicite en elle et reconstruite par un tempérament, dans un tableau ou un poème. On voit que Baudelaire critique, c'est-à-dire œil vivant de formes et de couleurs, se confond avec le poète des *Fleurs du Mal*. De même qu'analysant les *Confessions d'un fumeur d'opium*, de Thomas De Quincey, il mêle ses propres réflexions et impressions à celles de l'auteur, par une opération semblable il nourrit ses poèmes, non seulement d'emprunts multiples à ses lectures, mais de sa rêverie née souvent d'un tableau ou d'une estampe qu'elle adapte à son univers intime.

Dès 1844 Baudelaire admire Delacroix et son univers de contrastes violents enveloppés d'une harmonie due autant au dynamisme de la composition qu'à l'équilibre des valeurs. Il est alors frappé par le thème de la folie, dans le regard terrorisé du *Tasse en prison*[1] auquel il consacre un sonnet remanié vingt ans plus tard. Baudelaire craint la folie et prête au Tasse de Delacroix son angoisse familière, accentuant l'expression de désarroi intérieur. Il communique ainsi le vertige de la démence menaçante : le monde du songe et de la poésie est vaincu par l'impitoyable réalité.

Baudelaire ne décrit pas, il recompose le tableau pour en faire ressortir ce qui l'intéresse, c'est-à-dire le drame, de la manière la plus voyante. C'est peut-être d'après des

1. *PG*, p. 197.

copies de Delacroix, nous dit Jean Prévost[1], que Baudelaire compose le premier quatrain des *Phares*, ne retenant que le luxe de vitalité heureuse des Rubens qu'il a vus au Louvre, sans doute pour mieux l'opposer aux nocturnes et aux ciels tragiques, aux formes tourmentées des peintres auxquels sont consacrés les autres médaillons. Rapprochant la tonalité mélancolique qu'il discerne dans *Ovide chez les Scythes*, de Delacroix, de celle qui caractérise la prose de Chateaubriand dans *Les Martyrs*, Baudelaire tente à son tour de suggérer la rêverie du poète latin exilé, dans *Horreur sympathique*[2]. Mais c'est pour la distinguer de la sienne, car son orgueil préfère les paysages tragiques qui correspondent à son enfer intérieur.

De même Baudelaire transpose le nu orné des *Bijoux*, en empruntant au *Sardanapale*, à *La Femme au perroquet*, ou aux odalisques. L'amalgame des images du rêve et du souvenir avec celle de la contemplation esthétique enlève à la sensualité exaltée tout caractère anecdotique et réaliste. En effet la femme des *Bijoux* et la *Passante* à la « jambe de statue » des *Tableaux parisiens* se rejoignent dans la vérité intemporelle d'une composition esthétique, la seconde plus proche de Constantin Guys par le dynamisme et le parfum d'éphémère de cette apparition de la ruc. L'œil du poète-peintre apprécie en effet cette composition des *Bijoux* en contemplateur plus qu'en amoureux :

1. *Baudelaire*, p. 135.

2. *PG*, p. 109.

« Je croyais voir unis par un nouveau dessin
Les hanches de l'Antiope au buste d'un imberbe,
[...]
Sur ce teint fauve et brun le fard était superbe ! »

C'est bien l'œil de l'artiste qui jouit de cette harmonie violemment exaltée dans la strophe finale, quand les flammes du foyer inondent de leurs lueurs sanglantes le nu couleur d'ambre. Dans *Une Martyre*, nous le verrons, l'élève rivalise avec son maître Delacroix dans cette sorte d'allégorie du crime et de la volupté. On pourrait continuer d'analyser ces transpositions et créations de valeurs plastiques au service de la poésie, grâce auxquelles Baudelaire rivalise et dépasse son initiateur, Théophile Gautier. L'*Idéal* de *Beauté* que célèbre Baudelaire dans ces deux poèmes n'est pas celui des pâles figures anémiées de Gavarni, mais celui de la *Nuit* de Michel-Ange, modèle de vigueur et de plénitude monumentale, et celui de l'impérieuse et tragique prêtresse du Mal qu'est Lady Macbeth.

L'ÉNERGIE CRÉATRICE

Entre les *Correspondances* et *Les Phares*, le poème de composition ancienne, *J'aime le souvenir de ces époques nues*, nous reporte à l'esthétique de « l'école païenne », idolâtre des modèles antiques et qui idéalise la jeunesse de la civilisation et la beauté originelle.

C'était le moment où, poète lyrique à l'école de Théodore de Banville, Baudelaire opérait « fatalement un retour vers l'Éden perdu », selon les termes qu'il emploie lui-même dans l'essai consacré à ce maître. Importe seul, dans ce poème, le contraste radical entre la beauté saine, à l'antique, et la morbidesse de la beauté moderne. La beauté marmoréenne impassible n'est plus qu'un *souvenir* pour l'humanité moderne rongée par le démon de l'utile. Contraste apparenté à celui qui oppose le premier quatrain des *Phares* où rayonnent la beauté charnelle et la vitalité sanguine des créatures du plus virtuose des peintres, Rubens, à la vision des peintres dominée par la douleur ou le mystère, ou reflétant le Mal dans son étrange et tragique diversité. Révolte et plainte inspirent l'art moderne et témoignent d'une exaltation féconde qui dépasse la condition terrestre.

Dans les poèmes qui suivent *Les Phares*, d'une inspiration ancienne née de la lecture des poètes de la Pléiade, de *La Muse malade* au *Guignon*, en passant par *La Muse vénale*, *Le Mauvais Moine* et *L'Ennemi*, ce n'est pas tant l'échec du poète qui est affirmé que la hantise de l'œuvre à accomplir avec le sentiment du temps perdu et le doute quant aux forces dont on dispose encore. L'obsession, qui sera de plus en plus douloureuse, d'une déchéance irrémédiable s'ébauche à l'horizon de cette crainte qui ne se présente encore, dans ces poèmes anciens, que comme un thème poétique traditionnel, déjà repris, entre autres, par Théophile Gautier et Sainte-Beuve. La résurgence de l'énergie est possible : toujours Baudelaire aura la quasi-certitude de pouvoir refaire sa vie, malgré le temps qui accentue nos faiblesses, cet « ennemi vigilant et funeste » du *Voyage*. Car ces forces sont nécessaires au poète pour récolter « l'or des voûtes azurées » *(La Muse vénale)*, pour transfigurer le « spectacle vivant de [sa] triste misère » *(Le Mauvais Moine)*. Il rêve en effet de « fleurs nouvelles » dont la vigueur dépend de ce « mystique aliment » du travail, de l'énergie méthodique et de l'inspiration qui en résulte. L'homme de projets, qu'est infatigablement Baudelaire, porte en lui d'innombrables œuvres, semblable à l'explorateur conscient que :

« – Maint joyau dort enseveli
Dans les ténèbres et l'oubli,
Bien loin des pioches et des sondes[1]... »

1. *PG*, p. 44.

ou que certaines fleurs inconnues gardent leur parfum secret. Nul n'a encore déchiffré leur langage, car

« L'Art est long et le Temps est court[2]. »

2. *PG*, p. 44.

Il y a un espace qu'on peut appeler *spirituel* dont toutes les formes restent à déchiffrer, mais spécialement celles « qui parlent à l'âme en secret ».

Le groupe de ces poèmes de composition ancienne concerne donc la menace de stérilité et la crainte que la gloire ne se dérobe.

II GENÈSE DES *FLEURS DU MAL*

DES *LESBIENNES* AUX *FLEURS DU MAL*

Il est probable que la composition de certains poèmes des *Fleurs du Mal* remonte à l'année 1841. Le sonnet *À une Dame créole* est adressé, cette année-là, à Mme Autard de Bragard après le passage du poète à l'île Maurice, en septembre 1841. Ces premiers vers publiés sous la signature du poète paraissent dans la revue *L'Artiste*, en 1845.

C'est d'abord sous le « titre pétard » *Les Lesbiennes* qu'est annoncé le recueil au mois d'octobre 1845. Puis, en novembre 1848, *L'Écho des marchands de vin* publie *Le Vin de l'Assassin* et annonce *Les Limbes*, nouveau titre, « mystérieux » celui-là, de nouveau annoncé les deux années suivantes, et qui fait craindre au journaliste Jean Wallon un volume de « vers socialistes ». La critique a épilogué sur la signification des deux titres auxquels Baudelaire faisait probablement allusion quand il écrivait à son éditeur : « J'aime les titres mystérieux ou les titres pétards[1]. » Le titre défi, *Les Lesbiennes*, aurait sans doute selon Claude Pichois[2] un sens plus large qui concerne la technique poétique — puisque Sapho est avant tout une poétesse grecque née à Lesbos — aussi bien que les mœurs homosexuelles. Titre mystérieux donc, plus que provocant. L'énigme semble plus opaque avec *Les Limbes*, titre

1. *Corr I*, p. 378.
2. *OC I*, p. 794.

évoquant pour les chrétiens un lieu d'outre-tombe réservé aux innocents dépourvus de baptême. Il désignerait selon une vision socialiste (inspirée de Proudhon ou de Fourier) la période de misère industrielle, étape d'épreuves nécessaires avant l'avènement de la société « harmonienne » rêvée par Fourier en particulier, vision qui séduit sans doute Baudelaire touché à cette époque par un enthousiasme révolutionnaire éphémère, sensible dans la dédicace du *Salon de 1846*. Mais, dans ce *Salon*, Baudelaire évoque, à propos des *Femmes d'Alger*, tableau de Delacroix, la mélancolie des femmes qu'il peint et le pouvoir qu'il a d'orienter l'imagination « vers les limbes insondés de la tristesse ». Limbes qui évoquent un état crépusculaire, le climat du spleen et une lumière froide propices à une angoisse insidieuse d'origine incertaine, telle que la décrit une page du roman de Sainte-Beuve [1]. À cela s'ajoute l'influence de Dante pour lequel Baudelaire doit à Delacroix de partager un « goût irrésistible ». Sans doute peut-on distinguer, nous indique Claude Pichois, des analogies avec l'atmosphère dantesque dans certains paysages de l'imaginaire baudelairien, nocturnes antichambres de l'enfer :

« C'est un univers morne à l'horizon plombé,
Où nagent dans la nuit l'horreur et le blasphème [2]. »

Ce poème, paru dans une revue de 1855, portait le titre de *Spleen*. Baudelaire y évoque tout simplement l'univers désolé d'où toute

1. *Volupté*, chapitre XVIII.

2. *PG*, p. 61.

vie est absente, qu'aucun amour n'éclaire et qui correspond bien à cette conscience réduite à l'angoisse de l'esprit torturé par le temps et auquel est refusé même le sommeil, éphémère évasion que ne permet justement pas l'infernal ennui.

Grand lecteur, Baudelaire a pu également être influencé par Mme Crowe, auteur du livre *The Night Side of Nature*, dont il citera un passage dans le *Salon de 1859*. Elle évoque les Grecs, et notamment une zone du royaume d'Hadès qui ne se confond pas avec le Tartare (où séjournent les auteurs de péchés inexpiables), mais sans doute sombre et brumeuse comme celui-ci, lieu d'angoisse où l'on est agité sans pouvoir s'orienter et où chacun est son propre juge et bourreau, assumant les conséquences de ses actes.

Le 9 avril 1851, onze sonnets sont publiés dans *Le Messager de l'Assemblée*, à la place du feuilleton de ce petit journal annonçant encore la parution de l'ensemble des poésies qui porte le titre *Les Limbes*, chez Michel Lévy. L'année précédente le poème *Lesbos* figurait dans une anthologie des *Poètes de l'Amour*. Dans *Le Messager*, une note accompagnait les poèmes, précisant le dessein de l'auteur : « Retracer l'histoire des agitations spirituelles de la jeunesse moderne. » L'intention quasi philosophique est accusée en même temps que le souci de modernité et des variations de la sensibilité qui caractérisent celle-ci. Trois pièces ont pour titre *Le Spleen* (une seule le conservera en 1857). Elles évoquent une tristesse macabre et d'anxieuses rêveries que complètent la conscience malheureuse de l'échec dans *Le*

Mauvais Moine et la détresse qui s'exprime dans l'imploration du *De profundis clamavi* (intitulé au moment de cette parution dans *Le Messager, La Béatrix*). L'au-delà du trépas laisse entrevoir, dans l'incertitude, un renouveau spirituel, « un soleil nouveau » à l'horizon métaphysique de *La Mort des Amants* et de *La Mort des Artistes*. Dans le dernier poème de cette série, *Les Hiboux* sont les emblèmes du silence et du recueillement. C'est toujours sous le titre *Les Limbes* que devaient paraître, par l'entremise de Gautier, dans *La Revue de Paris*, douze pièces du recueil. Seul y est publié *Le Reniement de saint Pierre*, à quoi on ajoutera *L'Homme et la Mer*, envoi supplémentaire. On peut se demander si Baudelaire n'a pas été tenté de renoncer à la publication de son livre. Au mois d'août 1851, il écrit en effet à sa mère : « Mon livre de poésies ! Je sais qu'il y a quelques années il aurait suffi à la réputation d'un homme. Il eût fait un tapage de tous les diables. Mais aujourd'hui, les conditions, les circonstances, tout est changé[1]. »

1. *Corr I*, p. 178.

1857 : *LES FLEURS DU MAL*

Dans la *Revue des Deux Mondes* du 1er juin 1855 paraît cette fois un choix de dix-huit poèmes sous le titre *Les Fleurs du Mal*, proposé au cours de discussions au café Lemblin par le journaliste Hippolyte Babou. Le mot *fleurs*, Baudelaire l'emploie déjà dans une lettre à sa mère lui annonçant : « Je t'enverrai [...] des fleurs qui te paraîtront singulières. » Et dans un projet de préface, Baudelaire déclarait vouloir « extraire la beauté du Mal ». Les critiques dont ce titre fut l'objet émaneront d'abord de Vigny qui le regrettera, comme « indigne » de ce bouquet « souvent si délicieusement parfumé de printanières odeurs [1] ». Thibaudet le trouvera « ridicule et rococo » à côté des *Limbes* qui « marquait le caractère catholique » du recueil. Mais Théophile Gautier avait goûté ce titre heureux, difficile à trouver et qui « résumait sous une forme brève et poétique l'idée générale du livre et en indiquait les tendances ». Titre heureux en effet, qui exprimait parfaitement le dessein du poète : révéler les formes de beauté insoupçonnées dans cet enfer terrestre vécu par l'âme humaine et fait de tristesse sans remède (le spleen), d'orgueil, de révolte et de crimes, du regret aussi d'une évasion impossible. Mais les visions, les métaphores qui les apprivoisent et les rythmes transposent ces figures du Mal. La beauté baudelairienne naît du Mal, elle témoigne des aspects tragiques du malheur humain et de l'exil irrémédiable du poète torturé par la nostalgie de l'infini et l'angoisse d'un au-delà inconnu, mais libérateur.

À ces dix-huit poèmes qui vont paraître dans la *Revue des Deux Mondes*, en 1855, Baudelaire annonce au directeur de la revue qu'il ajoutera « un très bel *Épilogue*[2] », destiné aux poèmes retenus pour la publication et qu'il tient à les mettre en ordre avec lui. Même pour une publication très partielle, on voit bien le souci d'unité qui occupe le poète. Préparant l'édition de 1857, il aura la même exigence à

1. Lettre du 27 janvier 1862.

2. *PG*, p. 234.

l'égard de son éditeur, sollicitant sa collaboration pour composer, en une véritable « suite », le volume selon une architecture intime.

Dans ce groupe de poèmes introduit par l'adresse *Au Lecteur, Bénédiction* donne véritablement le ton : l'humanité est en proie au Mal. Et si l'amour spiritualisé est élaboré dans certains poèmes à partir du modèle, sublimé, qu'est Mme Sabatier, il n'en reste pas moins que l'ensemble des poèmes publiés en cette année 1855 revêt une sombre tonalité que l'*Épilogue* prévu, tel qu'il est résumé dans la lettre au directeur de la revue, aurait encore accentuée. Baudelaire y affirme que l'amour ne peut apaiser le poète qui s'adresse à une femme : « La candeur et la bonté sont dégoûtants. — Si vous voulez me plaire et rajeunir les désirs, soyez cruelle, menteuse, libertine, crapuleuse et voleuse... », et Baudelaire se réjouit à l'avance du « joli feu d'artifice de monstruosités [qui formera] un véritable épilogue, digne du Prologue au lecteur ». Baudelaire remarque donc, à juste titre, écrivant au directeur de la *Revue des Deux Mondes*, à propos de ses dix-huit poèmes : « Je n'y ai guère vu, n'est-ce pas ridicule à avouer, qu'une préoccupation de causer l'étonnement ou l'épouvante [1]. » Étonner est certes un élément important de l'esthétique baudelairienne, mais celle-ci découle surtout d'une lucidité désespérée, malgré la spiritualité catholique qui lui fait apparaître comme évidente (pensée renforcée par la lecture de Joseph du Maistre) la doctrine du péché originel, que l'idéologie moderne du progrès a cru pouvoir effacer.

1. À Buloz, le 13 juin 1855.

Baudelaire remet le manuscrit des *Fleurs du Mal* le 4 février 1857 et il corrige les épreuves tout en traduisant *Les Aventures d'Arthur Gordon Pym*, récit de Poe dont il surveille la publication dans *Le Moniteur*.

Le soin méticuleux que Baudelaire applique à la correction des différentes épreuves de ses poèmes exigées de Poulet-Malassis et la correspondance qu'il échange avec lui retardent la publication du recueil. Il faut lire les pages que Claude Pichois consacre à cet épisode mouvementé de la confection du volume : « Ce travail s'étire de février à juin. Le 6 juin, il réclame une nouvelle épreuve de la " dixième feuille ". Pris entre son amitié et sa responsabilité, entre les caresses et les insolences de Baudelaire, Malassis se résignait : *Les Fleurs* paraîtront " quand il plaira à Dieu et à Baudelaire ", confiait-il le 14 mars à Asselineau, et le 17 avril : " Nous sommes toujours M. Arthur-Gordon-Charles Baudelaire-Pym et moi dans les mêmes procédés expectants. Il n'y a pas six feuilles des *Fleurs du Mal* de tirées depuis deux mois[1]. " »

1. *Baudelaire*, p. 338 et suiv.

À la fin du mois de juin 1857, le recueil de poèmes est mis en vente à Paris et Alençon, tiré à environ mille cent exemplaires. Les lettres de Baudelaire à cette époque sont riches de détails concernant la mise au point mouvementée du recueil, mais elles nous renseignent peu sur la genèse interne des poèmes. Toujours préoccupé par la disposition la plus efficace de ceux-ci, il a écrit à son éditeur, le 9 décembre 1856 : « Il nous faut faire un volume seulement composé de bonnes choses : peu de matière, qui paraisse beaucoup, et qui soit très voyante. »

LE PROCÈS

Le poète et l'éditeur ne sont pas sans appréhension, mais ils ne s'attendent pas non plus à un succès retentissant. Des contemporains ont parlé de la stupéfaction ressentie par tous deux à l'annonce des poursuites engagées contre *Les Fleurs du Mal.* Surprise compréhensible lorsque l'on examine les poèmes condamnés. L'hypocrite pruderie s'est intéressée à des détails suggestifs des *Bijoux*, du *Léthé* et de la pièce *À Celle qui est trop gaie*, dont le poison moral est si subtil qu'il aurait pu être inopérant sur le lecteur. Mais l'attaque en règle d'un journaliste cerbère de la morale publique avait mis en garde, dans les colonnes du *Figaro*, contre l'influence pernicieuse du recueil, dès sa parution. Dans son étude, *Autour de l'édition originale des « Fleurs du Mal »*, Jean Pommier a montré que Baudelaire fut victime d'une législation qui datait de la Restauration, inspirée par le ministre de l'Intérieur Decazes.

L'attaque du journaliste du *Figaro* visant *Les Fleurs du Mal* avait été vive, le 5 juillet 1857 : « L'odieux y coudoie l'ignoble ; le repoussant s'y allie à l'infect. » Bref, il s'agit d'un jugement moral en forme de dénonciation. Asselineau affirme que le procès causa à Baudelaire un étonnement naïf.

Le malheur est que Baudelaire est mal défendu. Il devait l'être par Chaix d'Est-

Ange, avocat en vogue et proche du pouvoir, mais qui passa le dossier à son fils, âgé de vingt-cinq ans. Celui-ci multiplia les citations d'une voix morne, propre à endormir l'auditoire, d'autant que la plupart des citations étaient étrangères aux *Fleurs du Mal* : onze strophes des *Harmonies* de Lamartine et trente-six alexandrins de *Namouna* de Musset pour servir à une démonstration qui devait édulcorer les audaces baudelairiennes, telles que « La très chère était nue... ». Bref, la maladresse du jeune avocat consista à lire interminablement une belle anthologie de textes impudiques, remarque Jean Pommier.

L'amende de Baudelaire fut ramenée de 300 à 50 francs. Et quelques jours avant, le poète avait reçu 100 francs du ministère de l'Instruction publique, pour sa traduction des *Nouvelles histoires extraordinaires*.

III L'ÉDITION DE 1861

UN LIVRE « ABOMINABLE »

Le 9 juillet 1857, Baudelaire écrit à sa mère qu'il a retiré « aux épreuves » à peu près le tiers de son recueil et il s'inquiétera auprès de son éditeur, Poulet-Malassis, des poèmes « sacrifiés » dont il veut récupérer le manuscrit.

Un moment intéressé par le bruit fait autour de son livre, à la suite du procès et d'articles favorables (une lettre de Victor

Hugo et une de Gustave Flaubert qui reconnaît en lui un autre idolâtre de l'art), Baudelaire tombe alors dans une atonie qu'il nomme paresse, à la pensée de devoir réimprimer son recueil en remplaçant les six poèmes condamnés.

Au cours de cette année d'incertitude paraissent seulement *Paysage*, *Une Gravure fantastique* et *Duellum*. Mais, le 10 novembre 1858, il déclare à Calonne qu'il a écrit d'autres poèmes (peut-être y en aura-t-il *vingt*) et qu'il tient à montrer aux « professeurs protestants » qu'il est « un catholique incorrigible [1] ». Il aimerait surtout faire comprendre « l'impersonnalité volontaire » de ses poésies. C'est en effet l'époque de réussites comme *Le Possédé*, *Le Voyage*, *L'Albatros*, *Les Petites Vieilles* et *Chant d'Automne*.

1. *Corr I*, p. 522.

La parution du recueil est retardée par les corrections, les difficultés de classement et les différents projets pour une préface [2] à cette nouvelle édition. Celle-ci est destinée à dissiper tout malentendu et à permettre à Baudelaire de tirer vengeance de ses détracteurs. Les notes qui forment le premier projet de préface sont les traits ardents d'un esprit blessé qui cherche à fixer les caractères de son originalité en butte à l'esprit du temps : vulgarité de cet esprit liée au progrès, qui entraîne la médiocrité nécessaire des personnages-symboles de cette société. Conséquence de cette niaiserie généralisée : on pense que le poète raconte sa vie et l'on met à son compte les crimes qu'il peint. Le Diable règne mais on n'y croit pas. Le poète

2. *PG*, p. 228.

n'est d'aucun parti, il est donc sacrifié par cette société : Nerval est exemplaire[1]. « Nous les [poètes] sommes tous pendus ou pendables. »

Le second projet[2] reprend ces thèmes et met en relief la liaison entre la haine de la poésie et le culte du progrès et de l'utile orné de moralisme. Vertuisme, « patois » et suffrage universel sont les principes de la vulgarité, véritable passion du monde moderne qui se retourne en mépris contre l'homme de l'esprit, voué à la beauté et au style. Visant à l'originalité *difficile*, l'auteur a voulu *extraire la beauté du Mal*. Les *Fleurs* sont bien un livre de *dilettante* étranger à toute bonne action et l'effet qu'il a produit importe peu. Les lecteurs qui le comprennent n'ont nul besoin d'explications.

Des remarques, peut-être destinées à une troisième édition, précisent la manière dont Baudelaire conçoit désormais ses relations avec le public. Il partage avec Flaubert, entre autres, « un goût diaboliquement passionné pour la bêtise » et exposera encore une fois son livre au « soleil de la sottise ». Car, pour l'opinion des critiques et des lecteurs distraits, il faut bien faire assumer au poète le Mal qu'il peint. On préfère le mythe commode (et toujours vivace) du poète extravagant et pervers à la vérité plus simple de l'artiste du langage recherchant la perfection. L'ironique sincérité de Baudelaire se donne libre cours dans un autoportrait qu'il oppose aux « travestissements de la calomnie » :

« Chaste comme le papier, sobre comme l'eau, porté à la dévotion comme une communiante,

1. *OC I*, p. 183.

2. *PG*, p. 229.

inoffensif comme une victime, il ne me déplairait pas de passer pour un débauché, un ivrogne, un impie et un assassin. »

Mais il se déclare las de toute justification et veut seulement que les témoignages qui lui furent adressés ornent, en guise de conclusion, son livre « abominable ».

D'autres notes concernent la « prosodie mystérieuse et méconnue » de la poésie française. Car l'essentiel est bien d'atteindre par la maîtrise de son art à cette « insensibilité divine » qui s'adapte à tous les sujets. Ironie et sérieux se mêlent, encore une fois, pour fustiger ceux qui se consacrent à un art dont ils ignorent les moyens qui en font une « sorcellerie évocatoire ».

Ces notes eussent certainement éveillé l'hostilité des cuistres folliculaires. D'autant qu'une préface à ce point méditée devait être insolemment dédiée à Louis Veuillot, d'abord défenseur de Baudelaire lors de son procès, puis redevenu moraliste-cagot subordonnant la poésie à la morale, exigeant également du poète qu'il n'expose pas ses « plaies » ou ses plaisirs répugnants et autres vulgarités infâmes. Certes, remarque Claude Pichois[1], Veuillot comme Baudelaire vomit les tièdes, mais c'est pour la défense de la morale qu'il s'oppose à l'art corrupteur des partisans de l'art pour l'art. L'ayant revu, Baudelaire se dit désarmé par la « sottise » de ce journaliste et renonce à se venger de lui : « Il est toujours utilitaire comme un démocrate » et aveuglé par son rigorisme.

1. *Baudelaire. Études et témoignages*, p. 174.

SECONDE ÉDITION ORIGINALE. LA FIN DES ILLUSIONS

L'unité interne du livre est encore renforcée en 1861, même s'il s'agit moins que jamais d'un ordre artificiel, mais simplement *a posteriori*, ce qui ne veut pas dire arbitraire, mais conforme à une harmonie faite d'échos, de continuité des thèmes et de contrastes qui mettent en relief l'unité d'inspiration.

En 1861, *L'Albatros* remplace *Le Soleil* qui suivait *Bénédiction* et est reporté à l'ensemble nouveau des *Tableaux parisiens*.

La pièce condamnée, *Les Bijoux*, est remplacée par *Le Masque*, suivi de l'*Hymne à la Beauté*, nouveau lui aussi. *Le Masque* (1859) peut être rapproché de *Confession* (1853) où une « aimable et douce femme » (Mme Sabatier) avoue que derrière sa joie ou son sourire machinal se dissimule le drame de l'amer désenchantement, dû à l'égoïsme et à l'épreuve du temps qui détruit l'amour et la beauté. Dans la statuette de Christophe qui inspire *Le Masque*, Baudelaire distingue douleur et remords voilés et nous pouvons rapprocher aussi ce poème de *L'Amour du mensonge*, paru en 1860 (« Mais ne suffit-il pas que tu sois l'apparence ? »), car il s'agit non pas du charme fallacieux de la femme qui séduit, mais de la double personnalité qui ne se réduit pas à l'apparence. La conscience de cette dualité n'empêche pas que l'imagination du poète se nourrit d'abord de l'apparence. Dans *Semper Eadem* le mensonge offre un apaisement au cœur désolé. *L'Amour du Mensonge* a sans doute été inspiré par l'actrice Marie Daubrun. Son regard fascine le poète qui se soumet à l'illusion de cette beauté comédienne, source de l'extase esthétique, extase étrangère à toute vérité. Baudelaire partage avec la femme de théâtre le goût du masque et du travestissement, en « parfait comédien » (Avertissement aux poèmes de la *Révolte*) et en véritable dandy qui n'exhibe pas ses sentiments. Le masque est le signe même de l'art, il est universel et *contient* la vie douloureuse : « Pauvre grande beauté. »

Dans l'*Hymne à la Beauté*, à l'origine ambiguë de la beauté correspond la dualité humaine misérable et divine, pour laquelle la beauté peut ouvrir sur un infini aimé mais (ou parce que) inconnu. Cet hymne forme une transition avec les poèmes XXII à LXIV qui célèbrent l'amour. Dix poèmes sont ajoutés (dont *Un Fantôme* comprenant quatre sonnets) : *La Chevelure* qui s'accorde à *Parfum exotique* et *Semper Eadem*, poème reliant les deux cycles de Jeanne et de Mme Sabatier (la Présidente). *Semper Eadem* était paru en 1860. En 1861 ce poème introduit le cycle consacré à Mme Sabatier, qui développait en 1857 une sorte d'hymne à l'amour-consolation, et désormais il impose un accent désabusé, sinon de désespoir, car l'amour y apparaît rétrospectivement comme un mensonge :

« Laissez, laissez mon cœur s'enivrer d'un mensonge... »

Pendant qu'il travaillait au *Salon de 1859*, Baudelaire a composé *Le Voyage*, sans doute une seconde version de *L'Albatros*, et *Les Sept Vieillards, Les Petites Vieilles, La Chevelure.* C'est l'époque — été 1859 — où Marie Daubrun réapparaît dans la vie de Baudelaire, fugitivement puisqu'elle lui préfère bientôt Banville. La critique lui attribue l'inspiration de *Chant d'Automne* qui paraît le 30 novembre (dédicace « À M.D. ») et de la prière *À une Madone* qui transpose, en cet automne 1859, l'angoisse du poète partagé entre l'aspiration au repos qu'il n'a pu trouver sans doute à Honfleur, où les cagots familiers de sa mère intimident trop celle-ci, et l'amitié amoureuse décevante de Marie Daubrun. L'essentiel dans *Chant d'Automne* est pour le poète l'obsession du déclin de son génie (« Mon esprit est pareil à la tour qui succombe... »). Elle lui dicte cette prière pour un amour qui transcenderait la sensualité (« amante ou sœur »... « aimez-moi, tendre cœur, soyez mère »...). Le charme de la femme est d'ailleurs concentré dans son regard, qui, s'il ne peut rivaliser avec le rayonnement du soleil sur la mer, pourrait apporter un apaisement éphémère à cet être replié sur lui-même. Et atténuer cette angoisse de la solitude que l'agression extérieure, froid et choc des bûches, transforme en peur de l'agonie de l'esprit (colère, haine, horreur...), en frayeur qui s'empare du corps en proie aux « frissons »... C'est l'agressivité foncière du temps qui s'exerce dans cette dilatation terrible des instants qui annoncent la condamnation fatale du poète. La prière naît du regret amer du temps ; c'est l'ultime appel, d'un esprit menacé, à la compréhension féminine, à sa présence chaleureuse, dernier havre de paix.

À une Madone est un ex-voto dont le point de départ est l'indifférence, dit-on, de Marie Daubrun à l'égard du poète. Madone serait donc une appellation d'une ironie vengeresse à l'égard de cette femme traitée comme une idole, mais dont l'amour qu'elle a fait naître se transforme en haine, de même que l'idole se change en une martyre du ressentiment. Au cœur ruisselant du dernier vers correspond le cœur « bloc rouge et glacé » au deuxième quatrain de *Chant d'Automne*, symbole de « la férocité naturelle de l'amour » dont parle Baudelaire dans *Fusées*.

L'amour n'apparaît plus, aux yeux du poète, comme un moyen d'évasion du huis clos où l'enferment sa solitude et son spleen. *Semper Eadem*, c'est toujours *la même femme*, d'une santé et d'une générosité trop naturelles pour être compatibles avec le rêve d'adoration du poète. Il faut donc s'en tenir au mensonge de la beauté qui subjugue.

On sait que Baudelaire tenait à ce que la « terrible moralité » du livre fût ressentie par le lecteur attentif et se dégageât de sa composition d'ensemble. L'intention se précise avec la deuxième édition : « Tous les poèmes ont été faits pour être adaptés à un cadre singulier que j'ai choisi. » En 1861, en effet, l'impression de désespoir irrémédiable s'est accentuée, que voilaient en 1857 des accents d'un idéalisme et d'une espérance qui apparaissent désormais comme des illusions. Les poèmes ajoutés ou déplacés dans chaque groupe ou section renforcent la suggestion de la « tristesse étrange », selon l'expression de *Semper Eadem*, sinon l'impression de désespoir. Cet état de désespoir, Baudelaire le ressent comme une expérience universelle, dont se détournent ceux qui la fuient dans les divertissements.

IV L'ARCHITECTURE SECRÈTE

UN LIVRE COMPOSÉ

Baudelaire est parvenu à imposer à son recueil une évidente harmonie par la continuité d'inspiration et la convergence des thèmes qui fournissent les titres des différentes sections et qui s'enrichissent mutuellement pour s'épanouir dans les poèmes où le lyrisme trouve sa plénitude de pensée et de persuasion. L'effort pour organiser un plan qui permette au lecteur de suivre un itinéraire d'initiation assez clair incite à découvrir ces effets d'harmonie. Car le principe d'unité essentiel est la présence du poète, comme nous avons pu le voir depuis le début de cet essai. La lecture des poèmes, à l'aide de la luxuriante érudition accumulée autour de Baudelaire et de son œuvre, a incité les critiques à émettre des hypothèses concernant l'architecture du recueil. On retient en général, quitte à la nuancer, celle de l'édition Crépet-Blin qui propose de distinguer un certain nombre de cycles, soit en fonction du thème développé, soit autour de l'inspiratrice, reconnue ou présumée, d'un groupe de poèmes.

L'édition de 1861 présente un tiers de poèmes nouveaux : aux quatre-vingt-quatorze pièces de 1857 (les six condamnées manquent), trente-cinq sont ajoutées, soit au total cent vingt-neuf réparties en six divisions, au lieu de cinq en 1857, puisque les *Tableaux parisiens*, visions de la cité légendaire dont la réalité se fond dans le cauchemar, s'intercalent entre *Spleen et Idéal* (la grande épreuve du poète assumant sa fonction mais asservi à l'Éros moderne et au spleen) et *Le Vin*, intermède à la gloire de l'ivresse. En 1861, la nouvelle édition des *Fleurs du Mal*, celle qui est adoptée par les éditeurs car elle est la dernière à avoir été revue par Baudelaire, comprend donc *Spleen et Idéal, Tableaux parisiens, Le Vin, Fleurs du Mal, Révolte, La Mort*.

Spleen et Idéal, selon Jacques Crépet et Georges Blin, dans leur édition monumentale, commence en fait par l'idéal qui est développé selon un cycle de l'art (poèmes I à XXI) et un cycle de l'amour (poèmes XXII à LXIV). Le premier cycle comprend trois parties : la grandeur du poète élu (I à VI) ; misère du poète (VII à XVI) ; la beauté, idéal de beauté « parnassienne » (XVII) et idéal plus conforme à la définition de *Fusées* (XVIII à XXI). Le cycle de l'amour peut être décomposé en quatre groupes : le livre de Jeanne (XXII à XXXIX), à quoi s'ajoutent *Les Bijoux*, *Le Léthé* et peut-être *La Chanson d'Après-midi, Le Revenant, La Béatrice* ; le livre de Mme Sabatier (XL à XLVIII) ; le livre de Marie Daubrun (XLIX à LVII) ; le livre des inspiratrices secondaires (LVIII à LXIV). Puis c'est le cycle du spleen, à partir de la pièce LXV, dont le centre est l'ensemble des *Spleen* proprement dits (LXXIV à LXXVIII). La conclusion étant formée par la trilogie de la mauvaise conscience (LXXXIII à LXXXV).

Les *Tableaux parisiens* sont répartis, selon Crépet-Blin, en deux aspects : visage diurne (LXXXVII à XCIV) et visage nocturne de Paris (XCV à CII). Ce sont vingt-quatre heures qui s'achèvent sur l'aube suivante (CIII).

Le Vin, ensemble qui représente les « paradis artificiels » et comprend les poèmes CIV à CVIII.

Fleurs du Mal, c'est « le cycle du vice », clairvoyant, désespéré, puni, selon Thibaudet (CIX à CXVII). Section que l'on peut tenir pour la clef de voûte du recueil, par la reprise du titre qui accentue encore l'intention proclamée dans un projet de préface : « Il m'a paru plaisant, et d'autant plus agréable que la tâche était plus difficile, d'extraire la *beauté* du *Mal*[1]. »

1. *PG*, p. 229.

La *Révolte* comprend les trois poèmes (CXVIII à CXX) du blasphème et de la rébellion.

La Mort (CXXI à CXXVI), idée et sentiment qui inspirent l'ensemble du recueil, « le seul vrai but de la détestable vie » (*Le Spleen de Paris* : *Le Tir et le Cimetière*).

Il s'agit d'une classification commode,

mais Crépet et Blin affinent leur hypothèse concernant la composition des *Fleurs du Mal*, sachant que le lecteur attentif peut discerner des cycles plus dépendants des thèmes que des inspiratrices : cycle des Parfums, cycle des Hallucinations, cycle Macabre, bien que les poèmes ainsi apparentés en profondeur, celle de l'imaginaire baudelairien, soient dispersés dans le recueil[1]. Cette indécision irréductible concernant *l'architecture secrète* de l'œuvre, nous l'avons remarqué au début de cette étude, laisse un champ ouvert à une exploration personnelle et qui peut être originale au fur et à mesure que le lecteur s'enfonce dans cet imaginaire et se rapproche du lecteur rêvé par Baudelaire (ce « frère », cet « hypocrite lecteur » interpellé à la fin du premier poème du recueil, et qui doit se changer peu à peu en ce semblable lucide et complice que le poète appelle de ses vœux).

1. Éditions Crépet-Blin, p. 266.

On voit, par exemple, que le titre *Spleen et Idéal* ne distingue pas nécessairement les deux parties (qui seraient étonnamment inégales) de cet immense premier chapitre du recueil. Car *Spleen et Idéal* désigne les deux vocations contradictoires de la conscience, suscitant une tension et des contrastes sensibles dans chaque poème et qui en déterminent le plus souvent la structure. Vocations qui ne sont pas simplement complémentaires, mais indissociables comme les contraires qui vivent de leur imbrication, de leur coexistence conflictuelle, de leur entrelacement inextricable, conformément à l'intuition baudelairienne de l'existence et à l'esthétique du thyrse formulée dans un des poèmes en prose du *Spleen de Paris*. Peu de poèmes échappent au principe, à la fois métaphysique et esthétique, de cette lutte des contraires ; contrastes, paradoxes et oxymores étant les clés de la pensée poétique de Baudelaire et de sa « rhétorique profonde ». Claude Pichois le souligne vivement dans sa préface des *Œuvres complètes* : « C'est tout Baudelaire, psychisme, conduite et esthétique, qui est oxymoron[1]. »

1 *OC I*, p. XXI.

L'unité des *Fleurs du Mal* est voulue, non pas rationnellement, mais à l'image de celle de l'œuvre accumulée par Constantin Guys qui s'enrichit et s'accomplit d'un dessin à l'autre : « Toutes les valeurs y sont en pleine harmonie, et s'il les veut pousser plus loin, elles marcheront toujours de front vers le perfectionnement désiré[2]. »

2. *OC II*, p. 700.

Il fallait donc placer chaque poème de manière à lui conférer tout son pouvoir de rayonnement, le relief le plus magique dû, par exemple, à la modulation concertée d'un thème (la muse, le spleen, la mort), ou au contraste (*L'Albatros/Élévation*, *Les Aveugles/À une Passante*) des tableaux. Quant à la présence constante du poète qui se voit lui-même comme le personnage central de l'univers des *Fleurs du Mal*, elle se manifeste sous la forme du contemplateur (« Je guette, obéissant à mes humeurs fatales », dans *Les Petites Vieilles*, « J'ai vu l'horreur de mon taudis », dans *Rêve parisien*, par exemple). Présence obtenue également par l'apostrophe ou le dialogue fictif, sans oublier, bien entendu, l'unité de style et de vision.

Chacun des poèmes a eu sa genèse particulière. Mais s'ils ont pu être composés selon une parenté, une simultanéité qui les fait entrer en correspondance harmonieuse ou contrastée, le recueil, lui, est un ensemble prémédité. Les poursuites engagées contre *Les Fleurs du Mal* et l'obligation où se trouva Baudelaire de remplacer six de ses poèmes ne nuisent pas finalement à l'unité du recueil à laquelle un critique comme Barbey d'Aurevilly avait été très sensible. Celui-ci emploie, dans son article destiné au journal *Le Pays* (juillet 1857), l'expression d'« architecture secrète », perceptible sous « le luxe et l'efflorescence de la couleur », l'art du détail excitant l'imagination et la vigueur d'une pensée qui provoque la rêverie, la contemplation ou le retour sur soi-même. Barbey insiste sur la nécessité de lire *Les Fleurs du Mal* dans l'ordre des poèmes pour que *l'effet moral* de l'ensemble soit éprouvé par le lecteur.

Dans son essai sur *Quelques caricaturistes français*, Baudelaire critiquera justement les œuvres dépourvues d'unité vivante parce que composées d'éléments mal accordés. Le poème, pas plus que l'œuvre d'art en général, ne dépend des circonstances : l'effet à produire tient aux moyens inventés pour l'obtenir, mais aussi à la constance du dessein prémédité, selon l'expression de Baudelaire, dans son introduction aux *Nouvelles histoires extraordinaires* de Poe :

« La construction, l'armature, pour ainsi dire, est la plus importante garantie de la vie mystérieuse des œuvres de l'esprit. »

L'expression « vie mystérieuse » employée par Baudelaire s'accorde à celle utilisée par Barbey d'Aurevilly. Il s'agit donc d'une unité d'inspiration et de vision servie par un art poétique dont nous donnerons un aperçu.

D'autre part, après la visite de candidature à l'Académie, qu'il fait à Vigny, Baudelaire lui adresse un exemplaire de ses poèmes accompagné d'une lettre (décembre 1861) dans laquelle il précise : « Le seul éloge que je sollicite pour ce livre est qu'on reconnaisse qu'il n'est pas un pur album et qu'il a un commencement et une fin. Tous les poèmes nouveaux ont été faits pour être adaptés à un cadre singulier que j'avais choisi. » Souvenons-nous aussi qu'en préparant les arguments pour sa défense, lors du procès, Baudelaire rappelle qu'un livre de poésie doit être apprécié dans son ensemble, et « par sa conclusion ». Ce n'est que de cette manière qu'il « en ressort une terrible moralité[1] » : celle du *Voyage*.

1. *PG*, p. 239.

Ce sont des classiques comme Boileau dont la lecture lui est si familière, et les enseignements du *Poetic Principal* de Poe qui confirmeront son idéal d'une œuvre d'où l'esprit s'efforce d'éliminer le plus possible le hasard. L'admiration de Baudelaire pour d'autres poètes s'adresse aux œuvres marquées par ce souci de construction qui impose son style à l'ensemble. Un vers du poème adressé à Banville, en 1842, témoigne de cette prédilection pour les œuvres composées, dont le lecteur ressent l'unité, serait-elle secrète ou mystérieuse :

« Vous avez prélassé votre orgueil d'architecte[1]. »

1. *PG*, p. 210.

Cette architecture secrète a fait l'objet de recherches de la part de plusieurs critiques, l'un décelant jusque dans les détails une disposition concertée des thèmes et des motifs de la création baudelairienne, un autre découvrant le modèle de la composition du recueil dans *La Divine Comédie*.

Baudelaire tenait à répartir les différentes sections en y travaillant avec son éditeur, Poulet-Malassis : « Il nous faut faire un volume composé seulement de bonnes choses : peu de matière, qui paraisse beaucoup, et qui soit très voyante[2]. » Ainsi le lecteur pourra-t-il éprouver ce que Baudelaire appelle, s'adressant à sa mère : « Une beauté *sinistre* et *froide*[3] », car son livre « a été fait avec *fureur* et *patience* ».

2. Lettre du 9 décembre 1856.

3. Lettre à sa mère du 9 juillet 1857.

MOTIFS ARCHITECTURAUX

Remarqué ou non par la critique, tel motif qui orne et permet le développement d'un thème peut fournir un fil conducteur dans ce labyrinthe de « l'architecture secrète ». Ainsi, parmi d'autres, le motif du sang, qui offre une métaphore de l'obsession de la perte d'énergie créatrice, peut être repéré, non seulement dans *Le Tonneau de la Haine*, passion dont la soif est inextinguible et excitée par « le Démon », mais aussi dans *À une Madone*, où le culte de l'idole se retourne en haine criminelle.

Nous retrouvons ce motif dans *La Fontaine de Sang*, quand le poète sent son principe vital absorbé par la cité tentaculaire. Le sang impose l'accent dominant de la toile qui est la synthèse de l'univers tragique propre à Delacroix dans le quatrain du poème *Les Phares*. Motif d'*Une Martyre*, il est la marque d'une passion que seul le crime peut fixer dans l'absolu. N'oublions pas *Le Vampire* dont la cruelle séduction s'approprie le principe de vie du poète et l'asservit. Quant à l'allégorie de la prostitution du poème XXV, un vers concentre la signification paradoxale, puisque la « femme impure », « machine aveugle », est le

« Salutaire instrument, buveur du sang du monde... »

Un autre motif nous permet de suivre une autre de ces veines très riches de « l'architecture secrète ». C'est la métaphore du regard minéral qui figure l'insensibilité de la femme ou plutôt de l'idole.

Un motif plus profondément inspiré par la dynamique même de l'imagination baudelairienne est celui de ces « fleurs mystérieuses » des pays tropicaux, évoquées dans *L'Exposition universelle de 1855*, « dont la couleur profonde entre dans l'œil despotiquement », ces « fleurs sinistres qui ressemblent aux encensoirs d'une religion inconnue » et dont le parfum enivrant trouble la volonté. Fleurs mystiques ou fleurs du Mal, ce sont ces « Fleurs de l'impossible », ainsi que les nommait naguère Georges Blin au

Collège de France, parce qu'elles semblent hors d'atteinte des efforts de l'artiste (comme le dahlia bleu et la tulipe noire sont irréalisables par l'horticulture du XIXe siècle). Ce sont « les plus rares fleurs » de *L'Invitation au Voyage*, mais qui s'épanouissent plus souvent sous les ciels déchirés, comme ceux de Delacroix, du spleen baudelairien. Par exemple, dans *L'Ennemi* : dans son jardin au sol ravagé par le « ténébreux orage » de sa jeunesse, le poète doute de pouvoir trouver « l'aliment mystique », la vigueur d'inspiration nécessaire à ces « fleurs nouvelles » dont il rêve. À ce poème est fortement relié le suivant, *Le Guignon*. Ici encore c'est l'effort créateur qui doit révéler, malgré le temps destructeur, « maint joyau enseveli » et découvrir les profondeurs où

« Mainte fleur épanche à regret
Son parfum doux comme un secret... »

Car le poète explore les ténèbres et le passé qui semble aboli, mais que le souvenir recrée. Rappelons encore que Cybèle accorde sa protection aux *Bohémiens en voyage* (XIII) et pour eux « fait fleurir le désert »...

La fleur du Mal rêvée par Baudelaire, c'est Lady Macbeth, « cœur profond comme un abîme », qui répond exactement à son « rouge idéal » (XVIII). Quant à la mise en scène pour *La Mort des Amants*, elle comporte

« D'étranges fleurs sur des étagères,
Écloses pour nous sous des cieux plus beaux. »

Ultime bouquet, celui de *La Mort des Artistes*, créateurs dont le labeur a été vain mais qui espèrent une floraison, une gloire posthume, « sous un soleil nouveau » qui

« Fera s'épanouir les fleurs de leur cerveau ! »

Enfin le « Lotus parfumé », à la fin du *Voyage*, est cette *fleur de l'impossible* qui symbolise l'accès à l'espace enchanté d'une île uchronique, dans la lumière d'une éternelle après-midi, selon le rêve baudelairien du *Joueur généreux*, dans le *Spleen de Paris*.

Ce sont là quelques repères qui permettent de préciser en quoi consiste cette architecture, secrète en effet puisque non décelable à première vue, mais dont la complexité est à découvrir, aussi bien dans la modulation des thèmes et motifs, que dans la rhétorique, la « sorcellerie évocatoire » (vocabulaire, prosodie et rythmes) qui procure l'unité symphonique du recueil, malgré la variété des accents.

LES CYCLES D'ÉROS

C'est dans l'ensemble *Spleen et Idéal* que les commentateurs se sont plu à discerner trois subdivisions dont chacune semble tenir son unité d'une inspiratrice choisie, et que l'on peut regrouper sous l'intitulé « Les cycles d'Éros ».

JEANNE DUVAL

Conformons-nous à l'opinion critique générale qui voit s'amorcer, avec *Les Bijoux*, le cycle de la Vénus noire, Jeanne Duval, dont la beauté nocturne serait transposée dans ce cycle de l'amour charnel, selon l'expression de M. A. Ruff[1]. Nous le suivons aussi dans sa réticence à réduire ces poèmes à des transpositions pittoresques d'une aventure érotique. Il est en effet bizarre qu'on reconnaisse plus aisément qu'un romancier s'inspire de maints modèles vivants alors qu'au poète on n'accorde qu'un dessein obstinément autobiographique. Dans la notice qu'il a consacrée au recueil de Baudelaire, Gautier nous rappelle opportunément que les inspiratrices du poète « sont plutôt des types que des personnes ». L'intention plastique de Baudelaire n'est certes pas réductible à celle de Gautier, orfèvre dans la transposition d'art. La sensualité de l'esprit dilettante inspire Gautier dans la composition de ses nus. Mais c'est avec le recul du peintre qui apprécie, en clignant des yeux, l'équilibre des valeurs plastiques. Baudelaire admire en Gautier l'artiste virtuose du vers comme Banville. Mais nulle idolâtrie imitative ne le menace : ces trois poètes ont en commun le goût de la beauté qui allie les jeux de la Muse aux plaisirs d'esprits à la recherche des « jouissances très énergiques et très subtiles », selon les termes de Baudelaire[2]. Tour de force musical, le poème *Les Bijoux* présente une contemplation sensuelle qui rappelle, nous l'avons vu, les mises en

1. *L'Esprit du Mal et l'esthétique baudelairienne*, p. 297.

2. Lettre à Soulary, février 1860.

scène des nus de Delacroix dont Jean Prévost décèle ici l'influence[1]. Le défi sensuel et l'effet de séduction engendrent « l'extase » d'une contemplation qui ne se réduit pas, comme chez Gautier, à une sensation plastique, mais concentre tous les éléments du drame de la tentation, celle du Mal qui dérange les conditions de la maîtrise de l'esprit ; celle du crime aussi que suggère l'éclat sanglant des flammes du foyer, dans le quatrain final.

1. *Baudelaire*, p. 140.

Il semble donc peu fructueux de voir dans le groupe de poèmes de « l'amour charnel » une chronique poétique des relations de Baudelaire avec Jeanne Duval. Mais *Parfum exotique* perd peut-être un peu de son relief à être séparé des *Bijoux*[2], pièce condamnée et donc absente de l'édition de 1861. Le premier de ces deux poèmes fait succéder à la contemplation fascinée de la femme la rêverie exotique que sa toute-puissante présence olfactive provoque dans l'imagination du poète. Cette femme est un havre de rêverie et suscite des images d'un univers édénique d'où elle est exclue. Ivresse moins d'une passion que d'une évasion dont elle est le prétexte indispensable. Gardons à l'esprit les lignes essentielles de Baudelaire dans sa lettre dédicace aux *Paradis artificiels* :

2. PG, p. 185.

« La femme est fatalement suggestive ; elle vit d'une autre vie que la sienne propre ; elle vit spirituellement dans les imaginations qu'elle hante et qu'elle féconde. »

Jeanne Duval n'est que la médiatrice privilégiée d'une évasion à laquelle elle ne participe pas. L'essentiel est le monde de luxuriance, de couleurs, d'arômes et de mouvements qui, par son caractère imaginaire et le repos de l'esprit qu'il permet, repousse la vulgaire et douloureuse réalité, dont la mulâtresse fait partie, simple prétexte à cette évasion. Car elle peut être tout autant obstacle à cet essor de l'imagination, ainsi que l'affirme l'amant de *Je t'adore à l'égal de la voûte nocturne*, accusant la femme de cette froideur qui le blesse et le comble en même temps. Elle devient ainsi étrangère à toute promiscuité :

« Et je chéris, ô bête implacable et cruelle !
Jusqu'à cette froideur par où tu m'es plus belle ! »

Jean Prévost voit dans cette alchimie de l'imagination un art de conjurer le désir. Ne serait-ce pas plutôt l'art de le maintenir dans sa plus grande intensité parce qu'il est générateur inépuisable d'images ?

Le « cycle de Jeanne Duval » met donc en valeur la femme « reine des péchés » dont se sert la Nature *(Tu mettrais l'univers...)* pour forger un génie dans la souffrance, « démon sans pitié », « mégère libertine » *(Sed non satiata)* qui semble illustrer l'idéal auquel songeait Baudelaire, auteur du *Choix de Maximes consolantes sur l'Amour* (1846) : « Moins scélérat mon idéal n'eût pas été complet. Je le contemple et me soumets. » Ce qui correspond bien à l'idée déjà évoquée dans la lettre dédicace des *Paradis artificiels* :

« La femme est *fatalement* suggestive... », sans oublier, entre autres exemples, la « délicieuse et exécrable femme » à laquelle le personnage du *Galant tireur* dans le *Spleen de Paris* doit peut-être « une grande partie de son génie ». C'est elle qui enseigne et exaspère cette tension entre « l'horreur de la vie et l'extase de la vie[1] », sentiments inséparables dans leur radicale opposition et qui ne puisent toute leur force que dans cette contrariété plus ou moins intense.

1. *OC I*, p. 703.

Aux seize poèmes du cycle de Jeanne, en 1857, qui va des *Bijoux* à la pièce qui semble être le testament poétique de l'ensemble inspiré par la mulâtresse, *Je te donne ces vers*, sont ajoutés en 1861 les quatre sonnets d'*Un Fantôme* et *Chanson d'Après-midi*, enfin *Madrigal triste* dans l'édition posthume de 1868.

APOLLONIE SABATIER

Depuis le 9 décembre 1852, Baudelaire envoyait, sous le masque de l'anonymat, des poèmes à Mme Sabatier. Le premier, à cette date : *À Celle qui est trop gaie*, est une pièce peut-être destinée d'abord à Marie Daubrun et adaptée pour Mme Sabatier. En 1857 c'est *Tout entière* qui commence le cycle organisé, semble-t-il, autour de cette femme, maîtresse d'un financier et généreuse hôtesse d'écrivains et d'artistes comme Flaubert, Gautier, Musset, Meissonnier... La critique la considère comme la « rédemptrice » après l'épreuve subie auprès de Jeanne Duval, coquette vulgaire et cruelle qui exploitait le poète.

Il s'agit d'une pure adoration envers Mme Sabatier qui, par sa splendeur naturelle, incite le poète au calme d'une contemplation sereine, mais représente en même temps, par sa santé rayonnante, un défi à l'égotiste enfermé dans ses tourments cérébraux et sa timidité qui font naître en lui le désir de troubler ce trop bel équilibre. Il se sent jugé et humilié par cette « naïveté » féminine qui éclaire d'autant mieux la complexité paralysante de son esprit et son nervosisme. Touché par cette présence bienfaisante, Baudelaire entretient, par ses envois anonymes, une véritable quête de la muse qui répond à ce besoin d'unité intérieure qu'il trouve dans l'attitude de l'adorateur, brutalement inversée dans *À une Madone*. Car la chimère habite aisément son imagination qui s'habitue à ce naturel généreux d'une femme entretenue, mais sublimée par cette distance intérieure qui la protège de tout blasphème et l'enveloppe de vénération. Or Mme Sabatier incarne une perfection, naturelle mais stérile, telle que l'aime Baudelaire. Il s'agit, croit-il, de l'envers (quasi) angélique de son idéal tragique et démoniaque, Lady Macbeth. Tout impure qu'elle soit, Apollonie se distingue de la tourbe des bourgeoises ; elle a quelque chose de la comédienne (dans *Confession* cette « douce femme » fera entendre la note plaintive d'une victime de l'égoïsme humain et du devoir de plaire sans cesse), et son influence est faite de pure, bien qu'instinctive, générosité. Ce qui soumet le poète et le révolte à la fois. Et cette agressivité dans les trois dernières strophes du poème « condamné », *À Celle qui est trop gaie*[1], se tra-

1. *PG*, p. 184.

duit par le désir satanique de mettre fin à cette joie saine et généreuse, en lui infusant son spleen. Châtiment que son byzantinisme rêve d'infliger à toute existence exagérément « naturelle » à ses yeux : fleur, pauvre résigné d'*Assommons les pauvres*, dans *Le Spleen de Paris*, banal vitrier incapable de transfigurer le monde par sa marchandise incolore, dans *Le Spleen de Paris* également.

Parmi les neuf poèmes envoyés ou consacrés ouvertement à Mme Sabatier, *Réversibilité*, qui lui est adressé le 3 mai 1853, révèle le rôle rédempteur de la femme de laquelle émane tant de bonté et dont la beauté, et la santé font d'elle la médiatrice idéale. L'intercession de l'être radieux, « plein de gaîté », est le seul recours possible pour celui que hantent l'angoisse, l'ennui et la peur de l'irrémédiable dépossession par le temps et qui croit aux vertus de la prière. L'amour qui inspire un tel appel au secours contient la certitude de sa propre infaillibilité et légitime l'attente de la grâce promise. C'est pourquoi le poète recueille, avec une émotion intense, dans *Confession*, la confidence de la misère intime d'une belle femme soumise aux devoirs de la beauté et vouée aux incertitudes que suscitent le mensonge, l'égoïsme, l'obligation de plaire et la fragilité de l'amour.

Le Flacon est sans doute la pièce épilogue du cycle de la belle Apollonie Sabatier. On a cependant fait remarquer la différence de ton avec le poème précédent, *Harmonie du Soir*, dont la tendre mélancolie et la plénitude lumineuse s'accordent mieux avec le ton du cycle consacré à la Présidente. Car *Le Flacon* est un poème où la préciosité s'accompagne d'une atmosphère macabre, plus proche d'*Une Charogne* et de *Remords posthume*.

MARIE DAUBRUN

Le Poison amorce un nouveau cycle de poésie amoureuse, marqué par une inspiration plus intimiste, dans un climat automnal qui est peu propice aux violences concentrées de la contemplation érotique, fascinante et cruelle, et moins accueillant à la ferveur du culte platonique qui enveloppait Apollonie Sabatier. C'est pourquoi certains critiques parlent, à propos de Marie Daubrun, du cycle de l'automne qui comporte onze poèmes, si aux dix pièces rapportées habituellement à cette inspiratrice on ajoute *Le Jet d'Eau*[1], poème probablement antérieur à 1853, mais écarté en 1857. La place du poème *Le Chat* incite à savourer l'ambiguïté de ce symbole puisqu'on nous indique qu'il s'agit de l'animal favori de l'actrice, ce qu'ignorait, hors du cercle du poète, le lecteur de l'édition de 1857. Ne peut-on imaginer que le symbole félin auquel le poète associe la *voix* de la femme (dont émane une douceur apaisante, comme d'un philtre, et dont la nature angélique est confirmée par une présence que ne signalent, avec la voix, que le parfum et le regard) correspond bien à une vision mentale (« Dans ma cervelle se promène [...] Quand [...] je regarde en moi-même [...] ») de cet « esprit familier du lieu » ?

Ces trois cycles concernent donc trois inspiratrices reconnues, mais qui permettent

1. *PG*, p. 188.

surtout à un monde de souvenirs, de sensations et d'images de s'organiser autour de trois types de femmes dont l'importance dans la vie du poète importe moins que la représentation qu'elles lui ont permis d'élaborer dans ses poèmes. Ainsi l'Éros baudelairien offre ses variations autour des thèmes de la Beauté, du Mal, de la Grâce qu'incarne la femme, idole cruelle ou apaisante, dont le mystère est mis en scène par des compositions plastiques et l'orchestration des sensations des divers ordres susceptibles de ressusciter la dynamique des souvenirs. Sans que nulle précision réaliste vienne nuire au climat trouble, né justement de cette synthèse savante d'impressions simultanées que recompose la mémoire.

Le « cycle de Marie Daubrun » se prolonge par l'allégresse en sourdine, murmurée pour séduire, du songe-évasion auquel le poète convie la femme de *L'Invitation au Voyage*. Par un effet de contraste lui succède l'allégorie du remords dans *L'Irréparable*, où le rythme suggère le halètement de l'être saisi par la fièvre et l'angoisse. Il semble qu'ici le pouvoir de la belle médiatrice soit mis en doute :

« Peut-on illuminer un ciel bourbeux et noir ? »

Le titre de ce poème, en 1855, ne laisse aucun doute sur l'inspiratrice : *À la Belle aux cheveux d'or.* Marie Daubrun jouait en effet ce rôle dans une féerie dramatique.

Mais le pénétrant regard de la femme, cette « belle sorcière », scelle moins l'accord rêvé qu'il n'achève le sacrifice du poète, puisque « l'adorable sorcière » ne daigne pas jouer son rôle salvateur dans ce théâtre intime où l'appelle le cœur du poète en proie au remords. Mal irrémédiable dont pourtant ne peut le délivrer que « l'Être aux ailes de gaze », l'ange, ou l'être féerique que recèle la femme, mais dont elle semble ignorer l'existence en elle et que seul le poète voit, peut-être parce qu'il l'invente.

Le ciel d'automne, l'automne du poète, dans *Causerie*, s'offre à sa tristesse pour l'accentuer, en dépit de la clarté qui émane de la femme-ciel.

En 1861, dans *Chant d'Automne* qui a été dédié à Marie Daubrun en 1859, on retrouve en tout cas le froid regard des yeux verts de la femme qui ne peut certes apporter la chaleur désirée d'un soleil exotique, ou idéal comme ceux que peint Claude Gellée. Ce que mendiera le poète dans *Chant d'Automne*, c'est la paix d'un havre, auprès d'une amante, une sœur ou une mère, qui adoucirait le passage au néant.

On peut voir s'assombrir la philosophie de l'amour du poète si l'on remarque l'adjonction de *Semper Eadem* (remplaçant *À Celle qui est trop gaie*, pièce condamnée) que Baudelaire place en tête du cycle de Mme Sabatier, sans doute pour modifier la tonalité de l'ensemble maintenant donnée par le vers :

« Laissez, laissez mon cœur s'enivrer d'un mensonge... »

LES TÉNÈBRES DE LA PASSION

Au centre même de *Spleen et Idéal* trouvent place les poèmes qui approfondissent l'expression du pessimisme amoureux. Avec *Duellum* en particulier qui ajoute un accent de fatalité à la violence exprimée dans *De profundis clamavi, Le Vampire, Une Nuit...* C'est à cette lutte fatale, passion devenue volonté d'anéantissement réciproque, que le narrateur, dans *Duellum*, invite celle qu'il appelle « Ma chère ! » et l'« amazone inhumaine », pour accomplir le destin tragique de l'amour, lutte sans merci. Sur ce désastre inévitable, accepté, poussé à son terme, fleurira la beauté, ce rouge du sang et de la passion, splendeur inséparable de la cruauté (« aridité des ronces »), un instant sublimée dans ce sonnet. La beauté ne peut naître d'une vision édulcorée du drame humain dans ce qu'il a de plus profond, mais au contraire d'un constat, nécessairement scandaleux par ce qu'il met en lumière de cruauté dans le conflit qui oppose perpétuellement les êtres qui s'aiment, selon Baudelaire.

Quant au *Possédé*, cruel épithalame, il met en scène la célébration d'une complicité satanique entre l'amant et la maîtresse de délices refusées, dont il savoure l'indifférence à son égard. Extase visuelle et masochiste qui transforme la femme en œuvre d'art. Le diable impose son adoration par la femme, naturel instrument de corruption que perfectionne encore la civilisation, dont le principe est moins le progrès que la prostitution, dans la pensée baudelairienne.

C'est un épisode du duel fatal des amants qui s'exprime dans ce soliloque du *Possédé* et que cette femme ne pourrait comprendre, puisqu'elle est la médiatrice inconsciente de Satan. Elle incarne Hécate (divinité de l'enfer) qui reçoit du Soleil cette clarté devenue ténébreuse en elle, de même que la femme à laquelle s'adresse le poète existe par les désirs qu'elle provoque : la cohue des « rustres » l'attire, qui est digne de ses charmes. Cette femme qui règne de la sorte par l'expression totale de sa nature, en proie aux regards, est l'objet de l'adoration du poète, mystique luciférien.

C'est aussi un climat de désespérance qui émane des sonnets groupés sous le titre *Un Fantôme* (publié en 1860). Le premier nous plonge dans le cauchemar de l'artiste condamné à sa vocation et qui se trouve hors d'atteinte de tout secours, sans délivrance possible, seulement éclairé par une vision qui semble tout intérieure et formée par la mémoire des instants dispensés par l'ensorceleuse apparition. De la saveur originale des temps heureux, la « fleur exquise » du souvenir offre un équivalent et rappelle le charme disparu d'une présence magique. *Le Cadre*, comme *Le Parfum*, est un hommage à la beauté plus rare d'être isolée du monde par le parfum, ou transposée en œuvre plastique éloignée du réel vulgaire par son cadre : tous les ornements exaltent cette « rare beauté » ; mais l'admiration bascule avec le dernier vers qui dépossède la femme de toute spiritualité et réduit le principe de son charme et le ressort de ses attitudes à l'instinct simiesque.

Le Portrait constate la séparation opérée par le temps : la maladie ou la mort. Un portrait accuse cette absence plus qu'il n'entretient le souvenir. Mais le temps ne peut abolir l'esprit riche de ces souvenirs dans lesquels survivent les voluptés que l'orgueil du poète a magnifiées. *Le Portrait* offre un exemple de liaison heureuse avec le poème suivant, *Je te donne ces vers*..., parfaitement placé ici, puisque le poète affirme que la femme, cet être éphémère, et « maudit », parce qu'elle est médiatrice de Satan, ne laisse de souvenir que métamorphosée (statue... grand ange...) par l'art du poète : fleur du Mal (*ange* peut être pris ironiquement si l'on songe à « être maudit ») dont les humains n'ont pas compris le charme autre que charnel.

[annotation in margin: Les tên de la passe]

Chant d'Automne, paru en revue en 1859, prolonge et accentue la plainte de *Causerie*. Ces poèmes formant un ensemble avec *L'Irréparable* qui les précède. L'amertume laissée par les amours défuntes pèse sur le présent, ne serait-ce que par le remords qui annule peut-être à l'avance tout espoir d'une « miraculeuse aurore », allumée par une fée ou une « adorable sorcière ». *Causerie* annonce la mort de l'amour et montre le désastre qu'il a provoqué chez le poète ; seule la beauté justifie ce sacrifice et permet de le transcender par le feu spirituel (« tes yeux de feux ») et purificateur qui émane d'elle. La beauté que la femme incarne n'est plus un remède pour ce cœur atteint par l'irréparable ; au contraire, elle achève de le consumer (comme dans l'*Hymne à la Beauté* qui paraît en 1860 : « Tu marches sur des morts, Beauté, dont tu te moques »). Mais la Beauté est un monde qui échappe à tous les critères humains, en particulier moraux ; qu'importe son origine, puisqu'elle est une porte sur l'Infini, que le poète aime sans le connaître (avant-dernière strophe de l'*Hymne*). Seul l'appel à la douceur de la consolatrice peut être encore un vœu à l'adresse de la femme.

En 1857 *Mœstra et errabunda* (Choses tristes et vagabondes) terminait le cycle consacré — selon la terminologie traditionnelle — à diverses inspiratrices. *Le Revenant* s'ajuste au nouvel ensemble, dont A. Adam signale qu'y apparaît le motif de la lune (froideur de Diane-Hécate divinité des enfers, déjà remarquée). La pâleur d'une certaine Marguerite (réelle ou fictive, cette « douce et blanche Marguerite ») n'est pas sans évoquer celle qu'interpelle Faust dans *La Comédie de la Mort*, de Gautier, qui a sans doute influencé Baudelaire. Dans la lumière froide et monochrome de *Sonnet d'Automne*, se trouve démasquée une fois encore la vraie nature de l'amour, essentiellement destructrice : « Crime horreur et folie ! »

La réalité vécue ne fournit que des matériaux à l'imagination et à la technique poétiques. Tel épisode est transposé en madrigal dans *Sisina*, tel portrait est un simple aveu d'adoration du captif de sa solitude dans *Chanson d'Après-midi*, tel autre poème encore, *Franciscæ meæ laudes* (Louanges à ma Françoise), est un exercice dans la langue de la dernière décadence latine, celle de la poésie liturgique du Moyen Âge, qui rehausse encore par ses accents de ferveur et son imagerie la mysticité amoureuse. Et telle pièce ancienne, *À une Dame créole* (1841), voit son exotisme ronsardisant rapproché de *Mœsta et errabunda*, poème de 1855, et accuse un net contraste avec celui-ci qui orchestre les termes baudelairiens d'une évasion toute moderne, hors de l'immonde cité, vers un paradis de l'enfance,

« Où tout ce que l'on aime est digne d'être aimé »

et auquel la mer fait rêver, « sublime berceuse », élément de transition pour la pensée, vers l'au-delà de la rêverie. Ainsi s'exprime la nostalgie précieuse de l'innocence évanouie.

V LE SPLEEN

EMBLÈMES DE LA PENSÉE

Les Chats ont failli être victimes de nombreuses gloses que l'on s'est plu à réunir en un volume[1]. Il signale combien, pour les dogmastismes critiques très divers, la poésie est un prétexte à joutes byzantines plus qu'objet de jouissances intellectuelles toutes subjectives. Ces Chats innocents sont les symboles du désir — ferveur amoureuse ou curiosité faustienne du savant — de cet inconnu qui leur est familier et qu'ils hantent

1. M. Delcroix et W. Geerts éd., P.U. de Namur, PUF, 1980.

aussi naturellement qu'ils fréquentent les humains, médiateurs qu'ils sont entre notre monde et l'au-delà. Ils sont doués de l'orgueil du génie insoumis et leur être est d'essence métaphysique. Ils passent en effet de ce monde dans l'autre, familiers et magiques, créatures oxymores si l'on peut dire, puisqu'ils incarnent ces contraires inconciliables qui font de l'homme un être de désir perpétuellement insatisfait. Cette perfection féline accède à une existence mythique qui conduit à l'image du sphinx, nature et mystère, intimité familière et énigme, majesté d'une vitalité indomptable, force concentrée et disponible d'origine magique qui impose à l'homme des interrogations troublantes à l'égard de ce compagnon fascinant. Il s'agit simplement de l'évocation symbolique, quasi allégorique, du désir d'infini et de la complicité avec le merveilleux qu'incarne cet animal familier, apparemment domestique et qui est indispensable aux véritables chercheurs d'inconnu, les savants et les amoureux, interrogateurs infatigables du mystère.

Voici d'autres hiéroglyphes vivants de la création, *Les Hiboux*, qui n'ont pas attiré autant la curiosité des exégètes. Petits dieux, créatures exotiques de la nuit, ils sont les symboles de la méditation que leur permet le silence nocturne et qui leur impose l'attitude d'une sagesse préférant l'immobilité à l'agitation vaine. Immobilité recueillie qui dénonce par elle-même l'attrait du divertissement inquiet, auquel se soumettent les humains et les faux solitaires, en proie à l'illusion des apparences et inaptes à la vraie réflexion, qui est désintéressée. Ce sont les images de la concentration de l'esprit opposées à la dispersion de la pseudo-évasion et de la bougeotte instinctive, ce que stigmatise Baudelaire, en 1855, dans le poème en prose *La Solitude*, sous le nom de « prostitution *fraternitaire* ». C'est cette même année que le poème *Les Hiboux* terminait la série des pièces parues dans *La Revue des Deux Mondes*.

Il forme avec *Les Chats, La Pipe, La Musique, Sépulture, Une Gravure fantastique* et *Le Mort joyeux* un véritable cycle de la méditation. Le bestiaire allégorique d'une pensée complice des ténèbres et vouée à une pure contemplation exprime le désir d'une sagesse ennemie de tout divertissement. Pourtant elle peut orner sa rêverie des anneaux évanescents d'une fumée magique qui détend la méditation :

« J'enlace et je berce son âme
Dans le réseau mobile et bleu
Qui monte de ma bouche en feu[1] [...] »

1. *PG*, p. 99.

La Musique, elle, procure le moyen d'évasion divin qui en réalité libère, en l'exaltant, la vitalité spirituelle trop retenue et suscite, par les images du vaisseau, de la houle et du calme plat, l'allégorie rêvée des avatars de la pensée et de la « jouissance de comprendre », que Baudelaire analyse dans sa lettre à Wagner, en 1860.

Sépulture ne dépare pas l'ensemble des pièces dont le pittoresque et le macabre s'inspirent des poètes baroques du XVIIe siècle et du fantastique frénétique de Pétrus Borel ou du Théophile Gautier de *La Comédie de la Mort*. Ce sont *Une Gravure fantastique*, *Le Mort joyeux* et *Le Tonneau de la Haine*, déjà cités. Il s'agit bien, dans ces quatre poèmes, de divertissements inspirés, comme le dit Vigny dans sa lettre à Baudelaire[1], par les « émanations du cimetière d'Hamet ». Ils préparent à la série des poèmes qui traitent du Spleen. Le charme de ces poèmes baroques tient à l'ironie qui enveloppe leurs visions traversées de lueurs quelque peu « méphitiques », au clair-obscur de gravure et à l'agilité du dessin dans le style de Callot, que Baudelaire apprécie chez Aloysius Bertrand.

1. Le 27 janvier 1862.

NOSTALGIES

La Vie antérieure et *Bohémiens en voyage* s'apparentent par la même nostalgie des « chimères absentes ». Ces poèmes suggèrent que le mystère, qui peut se deviner dans les apparences misérables ou les décors transformés par l'imagination, garde quelque chose d'indéchiffrable ; il se situe dans un passé mythique idéalisé ou dans un avenir inimaginable, mais il est consubstantiel à une conscience douloureuse du temps. Les bohémiens comme les aveugles ont la vive intuition de certitudes encore informes ou cachées qui illuminent leur misère ou leur nuit, les animent d'un dynamisme étonnant et expliquent leur errance ou leur marche de somnambules inspirés.

L'Homme et la Mer se rattache aux deux poèmes précédents par l'évocation des mystères jumeaux que ces deux frères ennemis représentent, analogie entre deux mondes opposés, confondus dans une lutte qui les révèle mutuellement.

C'est une lutte semblable, inspirée par le désir d'absolu, qui lance Don Juan dans son aventure dont le *Don Juan aux enfers* nous offre le dénouement. Ce révolté cynique est promis au châtiment par la tradition littéraire que transpose Delacroix ; son orgueil s'apparente à celui d'un théologien raisonneur qui oublie, dans l'ivresse de la pensée, son devoir d'humilité en même temps que les limites de la raison et mérite le *Châtiment de l'Orgueil.* C'est bien le péril analogue de l'esprit ivre de son pouvoir et porté au défi qu'incarnent ces deux figures d'un tragique moderne, frappées dans leur démesure.

Rapprocher *La Beauté*, *L'Idéal* et *La Géante*, c'est lire une véritable profession de foi esthétique. Le premier poème évoque l'unité intemporelle de la Beauté qui est celle d'un modèle idéal, imaginé toujours et jamais atteint. Car la Beauté est le Sphinx aux questions duquel il n'y a que les œuvres qui puissent apporter des réponses, multiples et incomplètes. Ainsi le Réalisme (beautés de vignettes et d'hôpital), qui prétend à la vérité, s'en éloigne au contraire à cause de sa myopie et de son application laborieuse à réduire l'art à l'imitation servile, à la copie conforme et à l'anecdote. Il n'y a que la grandeur tragique qui sied au poète des *Fleurs du Mal*, celle d'Eschyle, de Shakespeare et de

Michel-Ange, celle des géants aux prises avec la démesure du Mal et le mystère tragique de la Nuit.

Le second tercet de *L'Idéal* relie fortement ce sonnet au suivant où *La Géante* semble façonnée par Michel-Ange. Baudelaire n'est pas attiré par les beautés miniatures (« de vignettes ») du poème précédent, tout au contraire. La beauté ne peut être que monumentale, serait-elle même enfermée dans le cadre étroit d'un sonnet. Le poète est le Gulliver de cet univers du théâtre tragique où s'affrontent les Titans et où il peut trouver le repos dans le giron de la Nuit.

SPLEEN ET DAMNATION

Le spleen baudelairien résulte de l'accablement de l'esprit par l'ennui, maladie spirituelle par excellence, produit d'une conscience suraiguë du temps (vraiment) perdu, donc du remords, ce sentiment lancinant du passé inacceptable, qui s'apparente à la conscience du péché, évidence chrétienne incontestable pour Baudelaire. L'opposition des deux termes Spleen et Idéal met aussi l'accent sur la nostalgie de l'unité perdue par l'*Homo duplex* en proie à la conscience du péché, au remords et à la cruelle ironie, tous facteurs de division et de torture morale qui ne peuvent cependant abolir l'aspiration à une harmonie supérieure, à un équilibre heureux des facultés obtenu par l'amour et par l'art, et que les paradis artificiels ne peuvent procurer.

La série des *Spleen* est amorcée par un paysage « état d'âme » qui annule toute vision romantique par la banalité sordide de la misère évoquée, véritable symbole de la détresse sans espoir où n'ont plus cours les souvenirs, ces refuges de la tristesse. Les jeux sont faits (amours défuntes) et toute nostalgie est vaine. Le Spleen (titre que porte aussi en 1851 le poème devenu en 1857 *La Cloche fêlée*) naît de l'impuissance ressentie par la conscience prise au piège du temps. La chambre minable (*Spleen* I), le « triste cerveau » qui rime avec « immense caveau » (*Spleen* II), le lit royal devenu tombeau (III) sont les emblèmes du spleen. Dans le dernier *Spleen*, la terre est changée en un cachot humide. C'est toujours le huis clos mental du spleen : il enlève tout sens au passé et tout attrait à l'avenir.

Brumes et Pluies a trouvé naturellement sa place dans les *Tableaux parisiens* qui apparaissent en 1861. En 1857, il prolongeait l'évocation des *Spleen* par le sentiment de la souffrance d'exister, rendue insupportable dans la monotonie quasi atmosphérique du paysage parisien, noyé de brumes et de pluies et qui figure symboliquement un monde des limbes où la vie s'exténue, s'estompe et ne laisse à la douleur que le rêve de pouvoir s'endormir dans ce linceul naturel, ou dans la chaleur consolatrice d'une rencontre hypothétique.

L'Irrémédiable impose ses cauchemars et ses images d'une damnation, œuvre du Diable, victime lui-même d'un tel châtiment concrétisé par la chute sans fin, infortune irrémédiable. Dans ce poème, c'est l'Esprit qui est frappé dans sa pureté (une Idée) et qui est victime d'une chute dans son extrême opposé : la matière et les ténèbres, ces contraires inconciliables de la spiritualité et de la lumière.

Chaque symbole de la damnation est construit sur cette opposition dramatisée et quasi épique d'une certaine existence faussée par une tache, une erreur ou le péché, et qui est l'objet d'un châtiment sans recours, la damnation. C'est d'abord un Ange, ensorcelé par son désir pervers du difforme, qui est terrassé par la folie et voué aux ténèbres. Puis un simple pécheur, créature éphémère, que la damnation condamne à une descente éternellement laborieuse dans un gouffre sans fond. Enfin un navire, image d'une course libre, maintenant fixé dans l'élément qui le voue à l'impuissance définitive, est le symbole de l'esprit qui s'interroge, trop tard, sur son erreur :

« Cherchant par quel détroit fatal
Il est tombé dans cette geôle »

La lucidité est satanique : les contraires s'exaspèrent ici, car ils expriment l'essence de la damnation, ce tiraillement irréductible qui fait que la souffrance vient d'une lucidité qui l'aggrave. L'ironie est cette activité infernale de la conscience-phare qui fouille les ténèbres sans réduire le moins du monde leur profondeur infinie. L'homme ne peut lire son destin que dans ces métaphores, ces emblèmes révélateurs de sa condition de damné. Mais la contemplation de cet état est pour le poète, et pour l'homme en général, le seul indice de sa grandeur. Volupté du mal, dit Jean Prévost[1], orgueil d'une lucidité qui est celle du désespoir : sombre joie de se voir, dans sa vérité de damné, telle est la conclusion de *L'Irrémédiable.* Le lyrisme baudelairien a pour essence la plus cruelle lucidité : la conscience du mal saisit bien la vanité de toute velléité d'échapper à ce supplice de l'esprit et du corps qu'est la damnation. Monde de la chute et de l'impuissance, du huis clos, du bourbeux et du temps infini, bref de l'effroi, c'est-à-dire de la terreur absolue. Ce monde est régenté par le diable « qui fait toujours bien tout ce qu'il fait ! » car il a supprimé tout espoir. Seule subsiste dans cet enfer, où règnent l'absurde, l'erreur et la folie, l'ironique conscience qui est le miroir impitoyable de la vérité : le Mal est souverain. Le Diable est conçu par Baudelaire comme l'artiste qui atteint la perfection dans le Mal, *comme* et sans doute *mieux* que Dieu dans le Bien ; pour lui aussi l'idée et sa réalisation ne font qu'un, le Verbe est créateur. Et il établit avec sa victime, l'homme, une complicité qui est le seul orgueil de celui-ci, « soulagement et gloire uniques », la lucidité, signe de son impuissance et de sa grandeur.

1. *Baudelaire*, p. 215.

LE BOURREAU DE SOI-MÊME

Le recueil de 1861 apporte un approfondissement de la vision du Mal qui est à l'origine de la poétique des *Fleurs du Mal.*

Obsession, par exemple, après la série des *Spleen*, ne propose pas un « paysage état d'âme » mais la désolation que la nature suscite dans une âme qu'accable, comme une offense, tout ce que cette nature manifeste de grandeur religieuse et cosmique.

Dans *Le Goût du Néant* s'exprime la hantise du vide qui torture l'homme vaincu, en proie au monde intime de ses visions trop familières, qu'entretiennent les ténèbres. Car c'est l'esprit qui est épuisé et qui ne souhaite plus que l'anéantissement. Rien ne le stimule plus ; passion, lutte et plaisirs ont perdu tout attrait. L'éphémère impalpable et essentiel n'a plus de saveur ; cet admirable vers dépossède la sensibilité de toute joie simple :

« Le Printemps adorable a perdu son odeur ! »

C'est que l'esprit s'est détaché de toute existence sensible, particulière, pour contempler de très loin l'univers devenu étranger et peut-être insignifiant.

Ce *Goût du Néant* a pour principe un désespoir évoqué dans *Obsession* (« Car je cherche le vide, et le noir, et le nu ! »). La souffrance parvient à son terme : la conscience s'identifie à la chute dans le temps. Et le recours n'est même pas la mort-délivrance, mais le simple anéantissement, la réduction à la matière.

L'*Alchimie de la Douleur* montre quelle hantise de la mort fait du poète un alchimiste paradoxal qui ne voit que cette omniprésence de la mort au travail : vérité mal dissimulée par les splendides illusions nées de l'imagination et qui font rêver d'une mythique pierre philosophale.

C'est l'enfer intérieur qui enveloppe de ses ténèbres les merveilleux nuages eux-mêmes. Toute fantasmagorie ne peut plus désormais être que funèbre : paradoxale alchimie de l'imagination, cette reine des facultés qui devait assurer une véritable prise sur le réel et le transfigurer. C'est la sombre vision que confirme *Horreur sympathique*, dont le titre oxymore dit bien le pouvoir exercé par cette fascination du néant, cette familiarité avec l'enfer intérieur où le « cœur se plaît ».

Enfer où luit la seule clarté de l'ironie qui enferme le poète dans ce face-à-face cruel avec lui-même, celui du bourreau et de sa victime. Il faut remarquer la relation profonde de *L'Héautontimorouménos* et du *Possédé* (XXXVII) : certes la femme pourrait ranimer les désirs en laissant libre cours à son pouvoir maléfique (« soyez cruelle, menteuse, libertine »). Mais rien ne peut empêcher la chute dans le temps, c'est-à-dire dans le quotidien monstrueux et l'immobilité stérile, bref toutes les morts possibles de l'esprit, lui aussi fixé, réduit à une ironie passive. Impuissance irrémédiable que le glas du fatal « il est trop tard » rend définitive. Tout vouloir est trahi ou « énervé » à chaque instant.

En 1857, après les images de saccage qui confèrent au titre du poème *Causerie* toute sa force ironique, la conclusion des trois cycles des poèmes de l'Éros devait être naturellement L'*Héautontimorouménos* (le bourreau de soi-même), deuxième partie d'un poème, prévu sous forme de schéma, qui aurait été l'Épilogue du recueil.

La dédicace « À J.G.F. » de 1855, Baudelaire l'avait voulue en effet indéchiffrable et, malgré les diverses hypothèses, elle semble l'être restée[1]. En 1861 *L'Héautontimorouménos* est en harmonie avec l'inspiration métaphysique de ce nouvel ensemble qui évoque le prolongement tragique de l'ironie baudelairienne, puisque le Bourreau de soi-même se trouve entre le « libertin » insatiable d'*Horreur sympathique* et le « malheureux ensorcelé » de *L'Irrémédiable*. Il faudrait se souvenir sans cesse de la remarque que Baudelaire formule dans *Fusées* (XI, 17) : « Deux qualités littéraires fondamentales : surnaturalisme et ironie. » Dans ce groupe de poèmes l'ironie est plus qu'ailleurs l'instrument qui révèle l'intimité angoissée du poète face à lui-même. Intimité qui prend la forme d'un voyage dans les ténèbres de celui qui ne parvient pas à être *un* et aggrave seulement son interminable solitude.

1. Cf. *Le Secret de Baudelaire*, H. Lecaye, 1991 : J. G. F. serait Félicité Baudelaire, la belle-sœur du poète.

Le Bourreau de soi-même est bien, selon l'expression de Claude Pichois, « un frère des grands maudits du Romantisme, de Melmoth entre autres[2] »,

2. *OC I*, p. 988.

« Un de ces grands abandonnés
Au rire éternel condamnés. »

Voilà mêlés, inextricables, le désir sensuel et le goût de la souffrance à infliger. La ferveur amoureuse contient le besoin de se venger de la faiblesse et de la soumission que suppose cette idolâtrie. Il s'agit du double avilissement par le désir sans espoir et le désir de s'en dédommager. Le désespoir au cœur de l'amour, c'est l'ironie diabolique communiquée au poète incapable d'unité dans l'hypothétique liaison heureuse. Ces « luttes de moi-même contre moi-même », remarque notée dans un billet[1], sont l'exercice quotidien de cette lucidité cruelle qui s'exerce d'abord envers soi-même. Elle s'en prend en effet au désir qui ne vise pas seulement la satisfaction de l'avidité charnelle ; ce que s'imaginait à tort la généreuse et très païenne Mme Sabatier s'offrant au poète d'un mouvement « naturel ». Du repentir difficile aux illusions du rachat et des compensations possibles de la faute, la sincérité douloureuse du poète ne peut se contenter. Car l'ironie veille sur toute velléité de se satisfaire d'une quelconque monnaie de l'Absolu. La souffrance du poète est son bien, volupté qui doit être partagée avec les femmes-idoles qui en sont le principe ou l'occasion : la volupté-châtiment s'enrichit de la souffrance causée à l'être aimé. La détresse, dans cette solitude agressive, tient à ce que le seul lien qui subsiste est cette souffrance commune, marque de l'amour impossible. C'est l'ironie qui perfectionne une telle solitude, apparemment abolie dans cette relation perverse, par laquelle s'établit une fraternité du malheur qui ressemble à un destin. C'est l'indifférence de l'idole qui paraît engendrer dans l'esprit du poète le souhait d'anéantissement ou au moins le désir de se réfugier dans l'inertie, de se fixer dans une forme qui libère

1. G. Blin, *Baudelaire*, p. 43.

de toute inquiétude spirituelle et satisfasse à cette indifférence naturelle de l'idole à l'égard du poète impuissant à convertir la femme à sa religion de l'évasion et de la beauté. L'union maléfique dans la souffrance (comme la contemplation du crime dans *Une Martyre*) ratifie la présence du Malin et prouve son règne. Le « sinistre miroir » intérieur sur lequel se penche le « bourreau de soi-même », ivre de son désespoir et du mal qu'il engendre, désigne la source démoniaque de ses actes qui inspire le rire sardonique de l'*Homo duplex*, en discordance constante et douloureuse avec lui-même. Voué à Satan comme Melmoth, auquel il est fait allusion dans la dernière strophe du poème, le poète nous plonge dans la solitude de l'homme fasciné par le Mal, car soumis au caractère satanique de l'amour, marqué par une note des *Journaux intimes* :

« Moi, je dis : la volupté unique et suprême de l'amour gît dans la certitude de faire le mal. »

Mais le Mal absolu, l'ennemi vigilant par excellence, c'est le Temps. Ce « dieu sinistre » dévore ce qui est irremplaçable : le trésor des « minutes heureuses » qui se transforment vite en « autrefois ». Le passé, dans *L'Horloge*, ne laisse au présent que l'obsession du souvenir et la hantise d'un futur qui se vit déjà sur le mode du fatalisme : « Il est trop tard ! »

VI LA MODERNITÉ

Pour Baudelaire, les œuvres vivantes du passé vibrent encore du tempérament et de l'imagination savante qui ont fait leur originalité. Il ne s'agit pas de les imiter, mais de rivaliser avec elles pour extraire du présent ce qui fait sa beauté radicalement nouvelle et singulière, parce qu'elle révèle l'esprit du temps. Intimité, spiritualité, couleur et aspiration vers l'infini définissent l'art moderne, c'est-à-dire un romantisme qui se renouvelle. Le beau, selon Baudelaire, est toujours bizarre. Ou bien il le devient par la perception singulière que nous en propose le poète, dont la sensibilité esthétique a été formée par la contemplation des œuvres où l'invention, la « bizarrerie naïve », selon l'expression de Baudelaire[1], impose des formes dans une lumière mentale jusqu'alors inconnue.

Le premier trait de la modernité baudelairienne, c'est d'abord l'alliance de l'intelligence critique et de la *passion* poétique, ce qui signifie que la poésie ne peut avoir d'autre but qu'elle-même[2]. On comprend que le poète, obéissant à cette nécessité de la poésie, soit un *étranger* dans une société vouée à l'utile et aux évidences d'un bon sens qui s'effraie des vérités du rêve. Dans l'œuvre de Poe, mais dans celle de Hugo également, Baudelaire puise l'audace d'absorber la réalité extérieure en la passant au crible de son tempérament, de ses conjectures et de ses hallucinations.

1. *OC II*, p. 577.

2. *OC II*, p. 305.

TABLEAUX PARISIENS

Au début de l'année 1859 paraissent des poèmes en prose et de nouvelles *Fleurs*, puis d'autres projets prennent le pas sur les poèmes en prose, tentative pour extraire la modernité des accidents de l'expérience quotidienne du flâneur parisien, et pour exprimer cette « profondeur de la vie » que le simple réalisme ne peut suggérer. Nous avons vu que, en 1859-1860, Baudelaire consacre un essai à Constantin Guys dont il admire la passion de l'éphémère et la poésie extraite des choses en apparence les plus frivoles ou les plus triviales. Ce « surnaturalisme[1] », inséparable de l'autre vertu littéraire qui est l'ironie, a toujours été la préoccupation du poète chercheur de correspondances et de symboles. Et les grands poèmes des années 1859 et 1860, *Les Fantômes parisiens*, inaugurés par *Les Sept Vieillards*, manifestent simplement, avec plus de vigueur et de pessimisme, l'activité indissociable de ces deux vertus. L'élaboration légendaire de toute réalité, et spécialement de celle que le poète voit et éprouve dans ses promenades-rêveries, reste liée à un arrière-pays marqué par une nostalgie de l'éternité. Une simple étude de la poétique du regard dans les *Tableaux parisiens* le montrerait : il signale cette nostalgie de l'éternité et cette recherche fiévreuse d'une harmonie perdue qui donne tant de relief et de violence aux vieillards, aux aveugles et autres fantômes hagards du pavé parisien, irréductibles au pittoresque naturaliste. Il est évident que

1. Voir ci-dessous, p. 90.

l'inspiration et la réflexion critique sur sa poétique ont évolué chez Baudelaire depuis la première publication des *Fleurs*. C'est la logique même de l'esprit qui s'interroge sur son art et l'expression d'un tempérament dans lequel retentit le choc de l'expérience. Les *Tableaux parisiens* accentuent simplement l'évolution d'une poétique vers une exploration plus intense du présent dans *Le Spleen de Paris* qui n'a rien, dès les *Tableaux*, d'une simple curiosité ou d'un divertissement visuel : le Beau n'est plus simplement (mais il ne l'a jamais été uniquement) la vision idéale et monumentale évoquée dans divers poèmes examinés ici. Il n'a jamais été séparé d'une interrogation sur le pouvoir du poète concernant l'origine de cette beauté qu'il invente plus qu'il ne la découvre, en se servant de toute réalité suggestive dont il dégage les symboles d'un monde en vérité tout intérieur.

Nous avons vu qu'apparaît en 1861 la section nouvelle des *Tableaux parisiens*. Aux huit poèmes retirés de *Spleen et Idéal* de 1857, sont joints dix poèmes parus de 1857 à 1861. Amateur passionné de peinture, singulier glouton optique, comme Valéry ou Élie Faure, Baudelaire s'est aperçu que les différents aspects de Paris n'ont pas assez inspiré les peintres, alors que certains dessinateurs et illustrateurs (Méryon, Guys et quelques autres) ont su exprimer les apparences pittoresques, mais surtout la physionomie secrète des monuments et de la vie moderne et mystérieuse de la ville.

Paysage parisien paraît dans la revue *Le Présent* dès le 15 novembre 1857. *Les Fantômes parisiens* sont publiés dans *La Revue Contem-*

poraine et désignent *Les Sept Vieillards* et *Les Petites Vieilles*. Le 15 mai 1860, on trouve *Rêve parisien*. Paris n'est pas un thème littéraire choisi parmi d'autres pour les variations qu'il permet. À vingt ans Baudelaire affirme à une correspondante qu'il ne peut vivre ailleurs[1]. C'est dans la Babel aux aspects les plus contrastés, lieu par excellence de l'horreur sympathique, qu'il retrouve l'intensité conjuguée de l'attraction et de la répulsion qu'exerce la beauté du Mal. Son dandysme, qui n'est pas seulement une attitude mais une philosophie, l'isole de la tourbe des médiocres qu'il juge de plus en plus envahissante. Dandysme, nous dit Pierre Citron[2], qui est une expérience de la solitude hautaine et une « stylisation » raffinée du bohème, une transposition cynique du sentimentalisme de l'artiste pour lorette[3].

1. Le 20 octobre 1841.

2. *La Poésie de Paris, de Rousseau à Baudelaire*, p. 336.

3. *Id. Ibidem.*

Car Baudelaire méprise l'attitude bohème des faux martyrs de l'art dont la misère, pittoresque ou non, cache mal l'absence de talent.

Le spleen n'est pas un sentiment lié à la contemplation de la nature, objet du mépris irréductible du poète. C'est la ville qui engendre cet ennui métaphysique, « insondable tristesse » du flâneur qui parcourt le labyrinthe des rues, surtout sous son aspect nocturne, préféré du contemplateur. Il navigue passionnément dans cette foule, pour le plaisir de laisser rêver l'œil et l'esprit et de s'offrir au choc de telle rencontre, étincelle de vérité ou d'illusion qui passe dans le poème *À une Passante* et se fixe dans le dernier vers :

« Ô toi que j'eusse aimée, ô toi qui le savais ! »

De 1857 à 1860 l'idée du cycle parisien fait son chemin. Dans cet ensemble, *Le Crépuscule du Matin*, le poème le plus ancien, se termine par l'image allégorique du Paris prométhéen, antique travailleur, actif dès l'aurore. Cette ville est la cité du désir — écrire, aimer —, mais aussi le théâtre et le repaire de toutes les souffrances liées à l'échec et à l'infernale recherche des plaisirs. Entre 1857 et 1862, l'imprécation contre Paris s'amplifie dans la correspondance, bien que les deux *Crépuscule* montrent le poète fasciné depuis toujours par la « cité de fange » et la métamorphose de l'homme en bête fauve qu'opère la nuit accueillante aux « démons malsains » *(Crépuscule du Soir)*. La vision de Baudelaire est profondément influencée par celle qui se dégage de l'œuvre de Balzac et qui atteint peut-être sa plus grande force dramatique dans certaines pages de *Splendeurs et misères des courtisanes*.

Les deux *Crépuscule*, *Le Vin des Chiffonniers*, *Paysage*, *Le Soleil*, par leur structure fondée sur l'énumération, la disposition narrative des tableaux et les rimes plates, participent de la même poétique. La vision explore la profondeur mystérieuse d'un univers dramatique dont la misère touche au fantastique et qui exige de l'expression une certaine dimension épique, en accord avec cette « encyclopédie babylonienne » qu'évoque Balzac dans *Le Cabinet des Antiques*. Le spleen se nourrit de cette atmosphère de désespoir qui caractérise le Paris Enfer de Balzac, inspiré quelque peu du *Paris* de Vigny : fournaise, volcan, enfer sont les termes employés par ce poète. De *La Cousine Bette* à *Splendeurs...*, les créatures de la *Comédie humaine* incarnent une passion ou une ambition dévastatrice, un vice, un virus et permettent d'opérer le passage à un romantisme intérieur qui est celui de Baudelaire.

La présence de Paris dans *Les Fleurs du Mal* ne se réduit pas aux *Tableaux* car aucun des thèmes fondamentaux de la poétique du recueil n'est étranger à l'expérience du flâneur et du poète. Son imagination s'empare de cette foule où les êtres sont l'un à l'autre étrangers, mais surtout des êtres vivants agrandis en symboles. La sensibilité du poète est toujours troublée par l'approche d'autrui et les transformations du paysage parisien :

« Paris change ! mais rien dans ma mélancolie
N'a bougé[1] ! [...] »

1. *PG*, p. 119.

À certains accents, on prendrait Baudelaire pour le cruel contemplateur des misérables, humains débris de la jungle parisienne où le temps concentre ses effets destructeurs sur les êtres faibles et accablés de solitude sans remède, comme *Les Petites Vieilles* :

« Je guette, obéissant à mes humeurs fatales,
Des êtres singuliers, décrépits et charmants. »

Ce dernier mot revêt un sens fort confirmé (et accentué par l'épithète qui le précède) dans le vers :

« Ces yeux mystérieux ont d'*invincibles charmes*
Pour celui que l'austère Infortune allaita !
[...]
Toutes m'enivrent ! [...] »

À l'affût des profondes étrangetés qu'engendre la cité, des êtres les plus dissemblables de lui-même, le poète rencontre celles qui éveillent sa pitié, ces femmes au charme aboli par le temps, en lesquelles il reconnaît ses sœurs d'infortune. Lui, qui vit dans une paramnésie continue (« J'ai plus de souvenirs que si j'avais mille ans »), leur prête un passé légendaire, comme pour mettre en relief leur déchéance et faire mieux ressortir de ce désastre leur humanité précieuse et peut-être sans lendemain.

Ainsi le paysage urbain devient-il un fantastique paysage humain, produit fatal d'une civilisation qui a suscité des monstres de solitude stoïque, « ceux qui *souffrent* de la misère et que la misère *déshonore*[1] » et auxquels ne conviendrait pas le misérabilisme sentimental que Baudelaire reproche à Hugo, dans *Les Misérables*, parce qu'il met la littérature au service de la morale[2], et prétend « sauver le genre humain ».

1. *OC II*, p. 224.

2. *OC II*, p. 218.

Le spleen est nourri par le dégoût du présent (les foules livrées au vertige vulgaire des divertissements) et l'obsession enivrante du passé, dans *Le Cygne*, compagnon de malheur de l'albatros du bestiaire baudelairien. Cette belle forme pure aux mouvements pitoyables devient une figure quasi héroïque de la détresse, puisque rapprochée d'Andromaque l'exilée et de la négresse nostalgique. La pitié, sensible dans *Le Cygne* et *Les Petites Vieilles*, tient à ce que Baudelaire reconnaît sa solitude incomprise dans celle de ces fantoches de l'infernale comédie parisienne.

Aux poèmes « parisiens » intégrés aux *Tableaux* en 1861, dix nouvelles pièces donnent sa physionomie à cette galerie. S'efforcer de classer l'ensemble selon les saisons, les situations diurnes ou nocturnes n'aide guère à leur compréhension. L'évidente unité de ce cycle tient à la présence du flâneur, dont la sensibilité retentit (par la curiosité inquiète, l'effroi, la tendresse et le ravissement) au choc des apparitions ; celles-ci ne peuvent provoquer que des sentiments excessifs parce qu'elles concentrent le tragique épars de la grisaille parisienne avec laquelle contraste cette énergie spirituelle qui semble lancer aveugles, passante et vieillards à la recherche d'un absolu inconnu.

La charité baudelairienne se teinte de cette ironie du contemplateur qui trouve les termes les plus cruels pour peindre la détresse des aveugles et la médiocrité sordide de « ceux qui n'ont jamais vécu ». Le mendiant qui se multiplie sous les yeux du poète halluciné est, comme lui, une figure de la misère menaçante en lutte contre l'univers. Mais surtout une manière, pour Baudelaire, de s'interroger sur la réalité qui se confond avec son propre spectre et confère une sorte d'infini de répétition à la misère obsédante. Cette vision incertaine engendre une véritable panique de l'esprit gouverné par l'imagination surnaturaliste travaillant à réintégrer le surréel dans le réel.

SURNATURALISME

La poétique des *Tableaux parisiens* procède de la vision évoquée dans le *Salon de 1859*, c'est-à-dire d'une conception très précise qui transpose le génie moderne de la grande cité. Du passage consacré à Méryon il suffit d'extraire les formules significatives : « la solennité naturelle de la ville », « les majestés de la pierre accumulée », la « beauté si paradoxale » de la dentelle des échafaudages et, surtout : « La profondeur des perspectives augmentée par la *pensée* de tous les drames qui y sont contenus. » Bref, le poète veut exprimer le tragique de la vie moderne dans toutes ces figures de la misère humaine, en lesquelles cependant la fatalité n'a pas vaincu la vocation humaine à penser, à espérer et à vivre d'une vie lamentable et extraordinaire qui anime mystérieusement les sombres personnages des *Tableaux parisiens*, sur le fond du « douloureux et glorieux décor de la civilisation ».

Le réel, quelle que soit sa puissance de choc et de contrainte douloureuse, lui est finalement soumis, dans le moindre poème des *Fleurs du Mal*. Par exemple, lisons dans *Fusées* comment Baudelaire assimile sa *contemplation* de la foule à une ivresse : « l'ivresse est un nombre... Ivresse religieuse des grandes villes... Il n'est pas donné à chacun de prendre un bain de multitude : jouir de la foule est un art... le promeneur solitaire et pensif tire une singulière ivresse de cette universelle communion », et ce contemplateur connaît des « jouissances fiévreuses » (*Les Foules*, dans *Le Spleen* de Paris). Pour Baudelaire, percevoir c'est choisir et élaborer mentalement une vision qui se nourrit d'une mémoire et d'une culture fondée sur la passion des images. L'importance qu'il accorde à la notion de *naïveté* dans sa conception esthétique, loin de se référer à on ne sait quel irréfléchi primordial, purement mythique, est tout au contraire le résultat de ce travail de l'artiste, si bien évoqué dans son étude sur Constantin Guys, ce peintre de la vie moderne. Qu'il flâne ou qu'il soit à sa table de travail, sa disposition d'esprit est celle d'une intense concentration. Rappelons-nous qu'une des apparitions les plus familières du poète dans l'œuvre de Baudelaire est justement celle qui le montre concentré sur la recherche de ses rimes, incertain dans sa démarche de flâneur, ivre de cette beauté dont la réalité ne livre que des éléments.

Ainsi l'artiste s'enivre de travail pour trouver l'expression la plus énergique de ce charme éphémère que produit le choc de la réalité sur l'imagination, faculté merveilleuse, inséparable de la sensibilité et de l'acuité intellectuelle :

« Maintenant, à l'heure où les autres dorment, celui-ci est penché sur sa table, dardant sur une feuille de papier le même regard qu'il attachait tout à l'heure aux choses [...]

pressé, violent, actif comme s'il craignait que les images ne lui échappent [...]. Tous les matériaux dont la mémoire s'est encombrée se classent, se rangent, s'harmonisent et subissent cette idéalisation forcée qui est le résultat d'une perception *enfantine*, c'est-à-dire d'une perception aiguë, magique à force d'ingénuité[1] ! »

1. *OC II*, p. 693.

C'est on ne peut mieux définir la *pensée visuelle* de l'artiste, dans la deuxième phase de son opération, après le premier contact avec les choses, qui n'a que l'apparence de la passivité. La naïveté de la perception *enfantine* n'a rien à voir, nous l'avons rappelé, avec on ne sait quelle innocence originelle, quel primitivisme fictif d'une vision pure, irréfléchie, mais au contraire elle est une vue *aiguë* et *magique* qui exprime l'énergie *poétique*, créatrice, de l'artiste, c'est-à-dire dépouillée des schémas et des préjugés de la routine perceptive.

Méryon et Constantin Guys ont eu une influence décisive sur Baudelaire. Ils ont contribué à enrichir sa perception « poétique » de Paris et de sa faune. D'autres maîtres ont compté, comme Carle Vernet, dont il aime la Comédie humaine pour ses « images triviales, les croquis de la foule et de la rue, les caricatures [qui] sont souvent le miroir le plus fidèle de la vie[2] ». Le corps humain se soumet aux modes que le temps rend désuètes c'est-à-dire étranges et ridicules. Le monde se moule dans l'art, dit Baudelaire[3]. Dans cette vision de l'univers parisien, nul doute que la connaissance intime de l'œuvre dessinée, gravée et peinte de Daumier ait eu une grande influence.

2. *OC II*, p. 544.

3. *OC II*, p. 544.

On ne sera pas étonné que, selon sa méthode préférée des contrastes violents, Baudelaire évoque la vision d'un univers totalement artificiel et conforme à son goût, en opposition radicale avec les brumes et la fange parisiennes, dans *Rêve parisien*. Songe qui ne pouvait en effet naître qu'au cœur du spleen parisien. Rêve d'harmonie qui prend la forme d'une utopie de la lumière sans ombre, car elle rayonne des matériaux choisis pour la monumentalité, même aquatique, et la dureté intemporelle de certains matériaux, métal, marbre ou diamant. La complexité de cette architecture engendrée par les mots, et d'abord par la fantaisie intérieure du rêve, est la réalisation somptueuse et fugitive de la liberté pure de l'esprit, maître du silence et voué à une perfection visuelle (« tout pour l'œil ») qui le plonge dans un monde féerique car sans limites, que l'imagination peut perfectionner à son gré selon les principes choisis par le poète, la femme étant réduite à l'état ornemental de naïade-narcisse. L'expression *c'était... c'étaient* indique bien la profusion purement merveilleuse de cet univers que le poète invente pour lui-même à mesure qu'il choisit les mots sur sa palette.

Le rêve achevé, la chute dans le temps est d'autant plus violente que le réveil est produit par la fatalité vulgaire des accents de la pendule : la peur renaît (horreur, soucis) et tout est obscur, en plein midi. L'éternité du silence n'est que dans les rêves.

IVRESSE

La naïveté dont chacun serait capable s'il se livrait à un travail quasi forcené d'exploitation de son *génie*, de son originalité de tempérament et de cette imagination indispensable à la perception du réel, c'est celle que retrouvent, au fond de l'ivresse, par un oubli total de la réalité environnante devenue simple arrière-plan métaphorique de leur aventure, les deux clochards ivres évoqués dans une anecdote d'un véritable poème en prose incorporé dans *Du Vin et du haschich*[1]. Étrangers à la rugueuse réalité et à l'étonnement des badauds, ils s'embarquent pour le bonheur, l'un soutenant l'autre, tous deux ravis, en route vers le « *plein-mer* de la rêverie » et « jusqu'au rendez-vous du bonheur ». Rappelons aussi l'invitation au voyage lancée au lecteur dans le poème en prose dont le titre résume l'intention, *Enivrez-vous* :

1. *OC II*, p. 544.

« Il faut être toujours ivre. Tout est là, c'est l'unique question [...]. Mais de quoi ?
De vin, de poésie ou de vertu, à votre guise.
Mais enivrez-vous. »

Dans la série de poèmes intitulée *Le Vin*, celui-ci est présenté comme le recours à une ivresse qui apporte un apaisement permettant d'échapper au malheur ou au moins de l'oublier, comme dans le dernier poème. Quatre des cinq poèmes du *Vin* sont sans doute antérieurs à 1850. Ami de Pierre Dupont, le chansonnier, familier de Courbet et admirateur de Proudhon, Baudelaire fréquente un milieu où le vin est célébré comme un bienfait et un réconfort pour le peuple. Ces vers, placés en 1857 avant le cycle de la Mort, présentent l'ivresse comme une évasion atténuée et éphémère, avant-goût de la délivrance ultime. Elle seule donne aux malheureux une illusion de liberté et confère à leur vie une profondeur en trompe l'œil qui les exalte.

L'Âme du Vin date sans doute de 1843 et fut refondu vers 1850 : le vin, récompense du travailleur, est un principe solaire de la joie humaine célébré dans les chants populaires. Il s'agit d'atténuer les « chagrins journaliers » et de ranimer les « plus vieilles espérances » dont fait mention l'essai *Du Vin et du haschich*, écrit en 1851. Mis en bonne place en 1857, *Le Vin* sert de transition plus discrète entre les *Tableaux parisiens* et le groupe des *Fleurs du Mal* de la seconde édition.

La vertu consolatrice du vin s'exprime par une rêverie exaltée, qu'anime un souffle épique chez le chiffonnier, en accord avec ces lignes de l'essai *Du Vin et du haschich* :

« Le vin, comme un Pactole nouveau roule à travers l'humanité languissante un *or* intellectuel. »

Le sommeil seul est inopérant pour endormir les souffrances des misérables, ce « peuple noir, vivant et mourant en silence[1] ». Aussi le vin compose-t-il pour eux des chants et des poèmes et transfigure les obstacles

1. A. Barbier, Londres.

dans leur marche irréelle, comme le poète distrait à la poursuite sans fin des rimes. Les modèles ne manquaient pas à Baudelaire. Ils sont empruntés à des œuvres littéraires ou dramatiques contemporaines, aux dessins de Traviès ou de Daumier, ou encore aux scènes de rue qui lui inspiraient la création de personnages comme ce « Général », chiffonnier de son état, qui, dans son ivresse de chaque soir, livrait des batailles imaginaires.

C'est le Champavert de Pétrus Borel (Passereau, l'écolier jaloux, se débarrasse de sa femme dans un puits et l'ensevelit sous les pierres de la margelle) qui inspire *Le Vin de l'Assassin.* On y voit que le vin libère dans l'homme des forces obscures (« Nul ne peut me comprendre »), d'autant plus que l'assassin est animé d'un amour démoniaque.

Le sonnet *Le Vin du Solitaire* nous renvoie aux pièces bachiques de Saint-Amant, par exemple. Le vin y offre un refuge au solitaire contre les tentations de la corruption, sous la forme de la galanterie, du jeu ou du spleen et des sens engourdis par la musique trop persuasive.

Quant au *Vin des Amants*, ce sonnet en octosyllabes est une invitation à l'ivresse propice à l'évasion dans le rêve et dans un ordre nouveau de sensations, vécu à deux, susceptible d'engendrer les fantasmagories qui préparent à l'extase du « délire parallèle ».

VII LA SECTION DES *FLEURS DU MAL*

LA POÉSIE DU MAL. LES MARTYRS DE L'AMOUR

On peut penser que le titre *Les Fleurs du Mal* désignait pour Baudelaire le cycle central de son recueil, venant après *Spleen et Idéal*, en 1857. En 1861, cette série sera placée après les *Tableaux parisiens* et *Le Vin*. Le groupe des *Fleurs du Mal* rassemble des pièces composées entre 1842 et 1844 et qui correspondent à un stade de l'esthétique du poète où il se plaisait encore aux jeux d'un romantisme noir, « frénétique ». Mais elles servent parfaitement le pessimisme accentué par l'édition de 1861.

La Destruction (pièce intitulée *Volupté* en 1855) amorce la tentative de l'homme du spleen pour éveiller sa sensibilité et goûter la volupté, en se complaisant aux images les plus scandaleuses de la violence, des tortures et du crime. Baudelaire peint le Mal moderne, drogue qui à chaque instant, incorporée qu'elle est à l'air chargé de miasmes, est assimilée, sinistre air du temps, par la conscience réduite au désir et soumise à des fantaisies qui accentuent l'ennui au lieu de le dissiper. L'Esprit du Mal est l'atmosphère délétère que nous respirons et qui nous consume, nous projetant en des expériences destructrices dans lesquelles la femme se montre l'instrument de la casuistique infernale, qui enjolive d'apparences séduisantes la réalité de la déchéance. Cette sorte de psychologie de la damnation, à laquelle se livre ici Baudelaire, se clôt par une vision qui effraie et humilie en même temps celui dont la volonté est vaincue par son goût irrésistible de l'horrible, qui le conduit au dénouement insoutenable de ses lamentables tentatives.

L'absence même de l'amant démoniaque d'*Une Martyre* suggère qu'il a consciemment mis en scène le spectacle « sanglant de la Destruction » évoqué à la fin du poème précédent. Le nu tragique d'*Une Martyre* est doué d'une singulière force d'expression plastique qu'accentue le décor du drame, révélateur de l'intense passion, de nature diabolique, qui ne pouvait s'accomplir que dans ce massacre peint à la manière du Delacroix de *Sardanapale*. En effet, l'art y réduit chaque élément plastique à l'essentiel et le soumet à l'effet d'ensemble de la toile qui rayonne d'une violence tragique. L'harmonie dominante se compose d'étrangeté et de romanesque fascinant grâce au triomphe de l'arabesque reliant les « plis somptueux » à la renoncule, à l'épaule, à la hanche et à la taille par des lignes serpentines, dans un carpharnaüm (première strophe) qui est un riche cadre baroque pour ce nu offert impudiquement dans la splendeur pourpre du sang que rehausse l'éclat des bijoux. Pour le lecteur, c'est comme une étonnante évocation plastique, suite prémonitoire d'un tableau qui n'a pas encore été peint, par Manet, et qui sera pourtant le plus beau symbole pictural de la modernité baudelairienne, l'*Olympia*, fille d'une lascivité naïvement provocante, promue à l'apothéose de la beauté plastique, mais peut-être promise au dénouement vulgaire du fait divers que le poète a transposé en crime diabolique...

Baudelaire ne rivalise ici avec aucun peintre, même s'il pense sans doute à Delacroix. Le maître inconnu c'est lui, qui dispose ce nu, victime d'agapes mystérieuses (certains disent lesbiennes), vision surgie d'un songe où dominent de troublantes valeurs plastiques. Leurs effets d'harmonie violente sont encore soulignés par l'intrusion du contemplateur (« Réponds, cadavre impur ! ») qui apporte à cette mise en scène une vigueur mélodramatique et sollicite l'imagination par la suggestion d'un érotisme frénétique (« fêtes étranges », « baisers infernaux »). Présentation somptueuse du crime dans un décor ménagé pour la volupté, mais en même temps pour magnifier l'alliance de l'amour et de la mort qui scelle l'échec du désir d'absolu déchu par ce sacrifice sordide. Le Diable a ourdi le drame, comme en témoigne la présence plastique et onirique des « mauvais anges ». Et on déchiffre son empreinte dans cet univers paradoxal du crime qui atteste une union fatale et impose une fidélité d'outre-tombe.

Bien qu'elles aient reparu en 1866, dans *Les Épaves* (après le procès qui les avait exclues de l'édition de 1861), *Lesbos* et *Femmes damnées I* (Delphine et Hippolyte) doivent être restituées à cette section des *Fleurs du Mal* où elles figuraient en 1857.

Lesbos faisait partie d'un recueil, *Les Poètes de l'Amour*, en 1850. Dans cette pièce centrale de l'ensemble primitivement prévu sous le titre *Les Lesbiennes*, Baudelaire utilise pour la première fois la reprise du premier vers en fin de strophe, avant toute influence d'Edgar Poe. On voit communément dans ce poème s'exprimer l'attirance du poète pour le monde païen, dans lequel la beauté était souveraine. En troisième place dans le cycle des *Fleurs du Mal*, il était un prélude aux deux poèmes *Femmes damnées*.

Lesbos est terre de volupté païenne. Non le lieu du vice moderne qui exprime maladroitement un désir d'infini et entraîne la fascination du gouffre, mais simplement l'île où l'on pratique une religion de l'amour dont les rites excluent l'homme de son cercle sacré. Culte éloigné dans le passé d'une île quasi mythologique, contemporaine de Vénus et qui, par là même, échappe à tout jugement autre qu'esthétique. La volupté, ornée de rires et mêlée de larmes, prépare au drame de Sapho, prêtresse de la poésie autant que de l'amour lesbien, qui s'éprend du beau Phaon, quitte Lesbos et, dédaignée, se jette dans la mer du haut du rocher de Leucade. Le vigilant Jean Prévost discerne ici un penchant rhétorique de Baudelaire dans des effets de contraste encore mal assurés, alors qu'un autre critique (Chérix) admire au contraire la mélopée d'un chant héroïque et légendaire.

Les contemporains de Baudelaire évoquent l'atmosphère des théâtres et de la littérature propice aux thèmes de l'amour saphique et à son interprétation, soit idyllique, soit tragique, comme elle s'amorce à la fin de *Lesbos* et s'épanouit dans les deux pièces des

Femmes damnées, les deux premiers poèmes étant condamnés par les juges en 1857.

L'amour lesbien séduit l'imagination baudelairienne par son rejet des nécessités naturelles de la fécondité et des contraintes sociales. L'amour contre nature et la stérilité sont la marque à ses yeux de toute recherche exaltante, mais vaine, dans la poursuite du plaisir qui se suffirait à lui-même.

Dans le premier poème des *Femmes damnées*, le conflit tragique est au cœur de cette recherche voluptueuse qu'on peut schématiser par l'interrogation de Delphine :

« Qui donc devant l'amour ose parler d'enfer ? »

Delphine dont le désir de volupté stérile recèle une rage étrangement nihiliste :

« Je veux m'anéantir [...]
Et trouver sur ton sein la fraîcheur des tombeaux ! »

forme d'amour « mystique » qui rêve d'abolir les contraires et d'unir

« L'ombre avec la chaleur, la nuit avec le jour »

ce qui semble impossible à Delphine si Hippolyte lui préfère quelque « fiancé stupide » qui exercera sur elle la violence de son désir viril, égoïste. Tragédie racinienne, a-t-on dit, que ce drame d'une passion charnelle jugée, dans l'apostrophe du poète, sur un plan religieux où se trouve condamnée la quête d'une union indestructible, éclairée par les seules ardeurs du désir et qui porte en elle un germe de mort. Huis clos, ici encore, du désir qui hante des cavernes emplies de « miasmes fiévreux » et que jamais un « rayon frais n'éclaira ».

Dans *Femmes damnées*, deuxième poème portant ce titre, les voluptés recherchées par ces femmes sont toujours mêlées d'amertume, assombries par la nostalgie des plaisirs innocents de l'enfance et minées par une fièvre panique. Mais ces femmes sont également tourmentées par la chimère d'une ascèse mystique qu'inspire ici encore le refus de la nature : « dévotes et satyres », ainsi sont qualifiées celles dont l'existence est en proie au drame de leurs contradictions insolubles.

Dans *Les Deux Bonnes Sœurs*, la séduction diabolique se manifeste sous les plus belles apparences féminines et la Débauche exerce sa dévastation par la stérilité. Le poète semble se faire le chantre de cette corruption et s'y complaire, n'entrevoyant de libération que dans la mort qu'il défie, mais qui seule résoudra ces contradictions qu'exaspère le plaisir, au lieu de les apaiser :

« De terribles plaisirs et d'affreuses douceurs. »

La sensation d'un désastre intime se confond avec la vie même. Et le « poète sinistre... favori de l'enfer », tel qu'il se dépeint dans ce monde de la perdition volontaire, l'exprime dans *La Fontaine de Sang* par des images empruntées au songe éveillé de son agonie.

Sa vie qui s'écoule teint de son sang la nature entière.

ALLÉGORIES

Allégorie succède à *La Fontaine de Sang*, dans l'édition de 1857. Une femme monumentale symbolise la prostitution « nécessaire à la marche du monde ». Nous sommes en présence d'une allégorie sans ambiguïté, la bestialité étant soulignée par le terme « encolure » et la souillure par les deux vers suivants. Il ne s'agit pas d'un portrait mais de l'évocation d'une fonction, d'un pouvoir incontesté, indifférent à la mort comme aux lois humaines, parce que fondé sur la toute-puissance de la beauté, don suprême qui garantit une certaine pureté dans l'« infamie » à cette figure érigée en une sorte de prêtresse de sa propre religion. Cette femme-allégorie nous apparaît avec la froide conscience de défier le temps, indifférente aux conséquences de ses « jeux destructeurs » et aux formes diverses du Mal, la mort comprise. L'animalité, magnifiée par les allures nobles, semble surgir du pinceau d'un maître de la Renaissance corrigé par Félicien Rops. Vision néopaïenne qui révèle l'ancienneté de son inspiration dans la production de Baudelaire.

La Béatrice est aussi une pièce ancienne, au titre dantesque, car Béatrice se substitue, dans le cœur de Dante, à la mère perdue et devient une créature céleste. Mais c'est par dérision que Baudelaire use de ce prénom pour désigner la femme-vampire, *Vampire* étant le titre du poème en 1855. *De profundis clamavi* (1861) portait en 1851 le titre *Béatrix*. De la nuée, dans un paysage désertique (miroir du vide désolant de l'ennui hamlétien) surgissent de ricanants démons dont la bêtise aveugle et méprisante ne peut que trouver grotesque cet être solitaire livré à ses pensées et qui semble mimer Hamlet, héros de la conscience douloureuse. Ce dédoublement (que fera revivre Laforgue) renvoie au cabotinage intérieur de Baudelaire, qu'il avoue lui-même, jouant une comédie ironique que préfèrent railler les confrères, littérateurs décontenancés par des poses imitées du héros shakespearien (célébré aussi par Delacroix et Berlioz). L'ironie dont use le poète-comédien écarte et effraie les imbéciles qui se réfugient dans un ricanement, signe de la bêtise impuissante et aveugle au mystère de l'étrange personnage qui ne détache pas son attention de la douleur et de la mort, et qui raisonne sans fin sur les effets et les causes, incertain qu'il est entre le rêve et l'action. Comme il n'y a pas de clé unique pour comprendre ce poète-Hamlet, on préfère le « caricaturer » (gueux, histrion, drôle...), ce qui dispense de s'interroger et de s'inquiéter. En effet, ce gueux à la silhouette sombre, timide imprécateur, ose proclamer son tourment alors que les auteurs rompus aux ruses (« rubriques ») de la comédie littéraire brocardent, du haut de leur suffisance, celui qui leur est étranger par nature et par vocation.

Le mépris ou l'indifférence serait la seule réponse convenable à ces démons vicieux, si l'Hamlet-poète n'était profondément blessé par le seul être qui puisse l'atteindre, la « reine de [son] cœur », complice des rieurs auxquels ses caresses la prostituent. À la souffrance de l'extrême lucidité, à l'ironie impitoyable dont l'esprit use envers lui-même, s'ajoute la torture de la trahison inconcevable et sans cesse renouvelée (qu'il s'agisse de Jeanne Duval ou d'une autre, peu importe) de la femme, de l'« idole », spontanément complice du vulgaire.

La sorcière Véronique, transformée en femme splendide dans *Albertus* de Théophile Gautier, et qui se décompose dans les bras de son amant berné, a sans doute inspiré à Baudelaire *Les Métamorphoses du Vampire*. Horreur et désir sont souvent alliés dans sa psychologie érotique. Jean Prévost voit dans ce poème « mi-satyrique et mi-romantique » l'exploitation d'un « lieu commun de la morale lubrique », d'une férocité baroque et le traitement « grotesque », ainsi que le signalait déjà Remy de Gourmont, de la forme classique du songe. Gourmont remarquait en effet que ce poème épousait un mouvement analogue à celui du songe d'Athalie : pastiche discret ou réminiscence, parodie dissimulée plutôt. Ce songe offre, ici encore, l'allégorie de la Prostitution dans cette femme « docte aux voluptés ». Elle incarne le défi satanique de la beauté corruptrice, reprise du thème cher aux petits romantiques des années 1820 quand ils évoquent l'ivresse de la volupté érotique distillée par la femme-vampire. Souveraine tentatrice dont la plénitude charnelle subjugue, elle est douée d'un pouvoir de séduction protéiforme : timide et libertine, fragile et robuste, elle est moins la Femme que la « Circé tyrannique aux dangereux parfums », monstre dont l'amant ne peut être que la victime abusée, dans ce songe.

Dans *Un Voyage à Cythère*, Baudelaire nous signale qu'il s'inspire de quelques lignes du récit d'un voyage à Cythère de Gérard de Nerval, publié dans *L'Artiste* en juin et août 1844. Cythère n'est plus que Cérigo, terre « morte sous la main de l'homme, et les dieux se sont envolés ». Alors que son navire rase la côte, le voyageur découvre « un gibet à trois branches, dont une seule était garnie... ». Imaginé par Nerval qui n'a pas vu Cérigo, le gibet devient, pour Baudelaire, un symbole de la haine acharnée à déchirer un homme supplicié dans l'île jadis consacrée à Vénus.

Ce n'est pas ici le chant romantique du Moi qui se lamente sur sa souffance, pour mieux célébrer sa belle âme. Vide angoissant et misère intérieure trouvent en effet dans ce supplicié un parfait symbole. Se voir ce n'est plus seulement se complaire à une sincérité qui veut coûte que coûte sauver l'essentiel. Humilité et honte, lucidité et horreur concourent au dégoût de soi qui saisit le poète, cœur et corps, suppliant qu'on lui donne la force de contempler sa vérité :

« Ridicule pendu, tes douleurs sont les miennes ! »

Mais cette lucidité, dépourvue de pitié pour soi-même, ne ménage pas les profiteurs voraces du supplice, « féroces oiseaux... au bec impur »... « bourreaux gorgés de hideuses délices »... ou « jaloux quadrupèdes ». L'identification du poète au « pauvre diable » pendu s'opère par la nausée née de ce que l'auteur nomme :

« Le long fleuve de fiel des douleurs anciennes. »

Le cœur du poète est « enseveli dans cette allégorie ».

L'Amour et le Crâne apporte une conclusion qui peut sembler décorative et légère, mais qui accentue pourtant la noirceur satanique d'un certain Éros baudelairien à quoi ne se réduit pas, loin de là, la vision que le poète se forme de l'amour, lui qui oppose, dans sa lettre à Mme Sabatier du 18 août 1857, les « polissons [qui] sont amoureux » aux « poètes [qui] sont idolâtres ». Que Baudelaire s'inspire d'une gravure du XVIe siècle n'est pas déterminant : le bambin Amour dissipe l'énergie vitale en bulles éphémères dans la gravure de Goltzius. Mais Baudelaire prête à l'Humanité, symbolisée par le crâne, une tragique et dérisoire prosopopée, dans le style de ses chers poètes baroques. Asservie, « vaporisée », l'humanité dépossédée de ses principes vitaux (dont la pensée, première citée) proteste contre la tyrannie d'un amour libertin ou d'un amour passion, qui s'exerce par la frivolité et le caprice puéril d'un jeu gaspillant le génie humain. Le pouvoir satanique destructeur se métamorphose sans cesse — c'est bien le thème de ce cycle — et, dans cet amour qui se divertit, s'agite le démon.

Dans cette section, intitulée *Fleurs du Mal*, se concentre le philtre empoisonné, contraire exact de celui de Tristan et Yseult. Ce philtre de l'amour sensuel excite à une recherche trompeuse de l'Absolu (inspirée par Satan) dont la femme-Narcisse est victime quand elle s'attache à la quête de sa semblable, dans une ivresse impure. De même l'homme se détruit quand il se soumet à l'empire d'une sensualité toute païenne, également destructrice de son génie et dont la femme-vampire est l'inconsciente et fascinante prêtresse. Dans cet univers de l'autodestruction fatale, s'exprime la hantise baudelairienne du péché inséparable du désir. Le poète célèbre les fastes illusoires de la chair triomphante et met en scène les différents martyrs de l'amour. La somptueuse composition d'*Une Martyre*, ironiquement attribuée à un « maître inconnu », a pour pendant l'expressionniste figure de l'homme, non pas crucifié mais pendu, ridicule frère du poète et du lecteur, également victimes de leurs « infâmes cultes » et des « péchés » que symbolise cette honteuse image. Baudelaire extrait, par ces cruelles visions, l'essence de la beauté du Mal qui enivre ses victimes et dont le subtil alchimiste qu'est le poète offre au lecteur la catharsis de ses rythmes et de ses métaphores.

VIII RÉVOLTE ET SATANISME

DANDY

Dans les poèmes du cycle *Révolte*, on a vu (Crépet-Blin), après l'illusion de l'amour vicié par le péché, puisqu'il est une tentation ourdie par Satan, le recours au blasphème et à la rébellion, dans la pure tradition de Byron *(Caïn)*, de Vigny *(Le Silence)* et de Musset *(L'Espoir en Dieu)*.

Baudelaire est cette âme neuve de toute véritable amitié et dont la conception quelque peu platonicienne de l'amour lui fait juger en théologien les servitudes païennes de la chair qui confirment sa vision de la Prostitution universelle.

Les trois poèmes de *Révolte* complètent et prolongent le cycle du Mal et de ses martyrs, tableaux qui préparent à la rébellion à l'égard du Créateur, insensible au malheur des âmes vouées au désordre intime et aux « vertiges de l'infini ». Ce Dieu est cependant adoré de la masse des misérables crédules dont l'idéal est d'être semblables à tout le monde. Scandaliser, mystifier, c'est exercer sa singularité sur le premier imbécile venu et diriger sa révolte contre les imperfections convenues, confortables, utiles au troupeau qui se mire dans de faux idéaux dont la croyance béate est le pivot. Cette affirmation d'une singularité radicale débouche naturellement dans la révolte contre tout ce qui exalte la solitude du dandy. Car «l'homme de génie veut être un, donc solitaire ». Il ne lui déplairait pas d'être aimé pour lui-même, mais il se voue à son perfectionnement dans une solitude essentielle, douloureusement conquise :

« Me voilà seul, bien seul, pour toujours car je ne peux plus du *côté moral* mettre ma confiance dans les créatures pas plus qu'en moi-même. »

Cette vision et cette pensée singulières animent la révolte première contre les obstacles les plus proches, les divers cerbères de la fausse culture, le faux père, Aupick, soi-disant protecteur mais aveugle au génie du jeune Baudelaire, comme d'ailleurs la mère bourgeoisement craintive devant les exigences de cet esprit inquiétant. Le refus total de la médiocrité menaçante s'exaspérera en une « instinctive horreur de la face humaine[1] », peu à peu renforcée par l'incompréhension et les outrages divers des journalistes et gendelettres. Cette révolte s'est avivée brièvement à la flambée révolutionnaire de 1848, par pur goût de la violence destructrice, en conviendra plus tard Baudelaire, jugeant sévèrement ses élans « fraternitaires ». Voilà donc bien l'Homme différent, cher à Stendhal et incarné par Julien Sorel, qui cultive et protège son irréductible singularité, serait-ce sous les mines de l'hypocrisie ou de la mystification, exigées par les circonstances.

1. À Mme Aupick, le 10 août 1862.

L'orgueil du dandy le dissuade de reconnaître l'illusoire évidence des faits et l'incite à rejeter la prétention réaliste. À propos de Duranty et de Chamfleury qui trouvent Constantin Guys « insupportable », Baudelaire remarque :

« Décidément les *réalistes* ne sont pas des *observateurs* ; ils ne savent pas s'amuser. Ils n'ont pas la patience philosophique nécessaire[1]. »

1. À Poulet-Malassis, le 16 février 1860.

La fierté à ce degré d'exigence ne peut que porter l'esprit aux extrêmes. Elle y trouve à exercer et à légitimer son intransigeance, par exemple dans la retenue forcée devant la bêtise insultante et triomphante. À son éditeur, dans la lettre citée ci-dessus, Baudelaire conte ses heurts avec un directeur de revue (Derode, *Revue suisse*) :

« Notez bien que j'ai été *insulté*, INSULTÉ, par ces drôles qui ne savent même pas l'orthographe. Si je n'étais pas criblé de dettes j'aurais souffleté ce cuistre dans son cabinet. »

Mépris contenu qui peut accepter l'humiliation devant la bassesse, à laquelle on rend un hommage douloureusement ironique pour mendier telle aide financière. La véritable humilité n'est pas en cause ; elle suppose l'oubli de soi, ignoré du dandy. L'intransigeance qui doit se plier aux contingences maussades n'en garde que plus d'énergie pure dans la véritable révolte, qui est métaphysique.

De Baudelaire, Jules Laforgue dira : « Le premier il a rompu avec le public. » C'est qu'il avait appris à se nourrir de l'injustice et de l'échec social, les tenant pour de sûres garanties contre les compromis avilissants et contre toute forme de prostitution : « Plus je deviens malheureux, plus mon orgueil augmente », confie-t-il à sa mère. La prostitution est peut-être la forme du Mal la plus inconsciente et la plus répandue aux yeux de

Baudelaire. Dans *Mon Cœur mis à nu*, Baudelaire écrit :

« Qu'est-ce que la chute ? Si c'est l'unité devenue réalité, c'est Dieu qui a chuté. »

À suivre l'évocation de Dieu dans *Le Reniement de saint Pierre*, on conçoit la vulgarité toute terrestre de ce « tyran gorgé de viandes », riant « au bruit des clous » lors du supplice de l'Homme-Dieu, son fils. Il s'agit d'une poésie « voyante », d'une esthétique du choc, de la surprise, aussi bien que d'une séduction musicale ou d'une persuasion intellectuelle raffinée.

REBELLE

Séduit par le *Caïn* de Byron, Baudelaire se retrouve dans ce héros de la révolte métaphysique, comme il se sent proche du solitaire et pensif Don Juan à l'arrière de sa barque. Chez Hoffmann il apprécie comment Don Juan défie le Créateur, qui lui-même se joue cruellement des pitoyables créatures nées de son caprice.

Cette section des poèmes de la *Révolte* est généralement traitée par la critique comme la simple illustration d'un thème romantique. Craignant cependant les foudres de la justice, Baudelaire avait adjoint à cette section une note où il affirmait avoir feint d'adopter les termes blasphématoires et « les raisonnements de l'ignorance et de la fureur » dans ces pièces dont la force pouvait sembler garantir la sincérité.

Claude Pichois remarque l'intrusion proprement baudelairienne, dans *Le Reniement*, du mot *remords*, sentiment attribué au Christ qui laisse sa tâche inachevée, trompant ainsi les hommes. Le Christ s'est d'ailleurs trompé également en croyant aux hommes et en prônant la vertu. A. Adam allègue un sens politique du poème, peut-être composé peu avant sa publication en 1852. L'action politique, qui aboutit au coup d'État, est un défi à la *vertu*, à ses exigences morales. Elle est peu compatible avec le rêve d'idéalisme démocratique et instaure le règne de la violence.

Le mythe romantique de Caïn le maudit, farouche révolté, contraste avec la figure d'Abel, premier bourgeois et adepte du bon sens. L'interprétation « sociale » d'un poème peut lui donner une « couleur locale » moderne, mais elle reste aussi partielle qu'une interprétation autobiographique ; ni l'une ni l'autre n'en épuise le sens. Dans *Abel et Caïn*, le caractère métaphysique de la composition est indéniable, pris ou non à son compte par Baudelaire, comédien du blasphème ou révolté véritable : deux aspects contraires dont l'amalgame peut être un savant produit de l'ironie du poète.

Car il ne s'agit pas dans ces vers de contester un pouvoir temporel voué aux circonstances, mais un certain despotisme divin qui a réparti arbitrairement le bon et le mauvais sort, privilégiant le conformisme, la modération du bon sens intéressé qui s'exprime en flatteries (dont l'encens enivre les séraphins courtisans) et accablant de son injustice la race de Caïn, le révolté criminel, projection terrestre de son maître, l'Ange rebelle, Satan. L'arrière-plan d'actualité historique ne peut que donner un ton moderne à un antagonisme qui est au cœur de la pensée baudelairienne. Il se situe entre la révolte violente, primitive du moi singulier, « cœur qui brûle » rebelle à tout conformisme, et la soumission servile (d'ailleurs le plus souvent inconsciente) des êtres qui « aime[nt] et pullule[nt] » en masse, qui croissent et « broutent » et par lesquels triomphent l'ordre factice et la croyance au progrès.

Mais on voit dans le poème que l'épieu, arme du chasseurs certes, mais surtout instrument primitif et arme du crime, l'emporte sur le fer symbole du progrès, car c'est le Mal (par Caïn) qui triomphe dans l'époque moderne et met en échec la bonne conscience endormie de la descendance passive d'Abel. N'oublions pas en effet que Caïn, nature opposée à toute modération, réunit en lui le crime (donc le bannissement) et la révolte. Il est naturellement tenté, animé par le désir de supprimer et de conquérir le pouvoir suprême et absolu.

Réhabiliter Caïn, conscient de son crime mais révolté absolu, glorifier Satan, c'est à quoi les Romantiques se plaisent, de Byron à Vigny (Éloa) et Lamartine (*La Chute d'un ange*), jusqu'au singulier abbé Constant (Éliphas Lévi) rêvant d'une réconciliation entre Dieu et Satan, dans *La Dernière Incarnation* (1846), qui illustre à sa manière un courant littéraire inspiré par ce que Claude Pichois appelle « la compassion rédemptrice de l'imagerie romantique[1] ».

---

1. *OC I*, p. 1083.

Pour Baudelaire, Satan est le rebelle par excellence, le proscrit qui ne se soumet pas à une fatalité. Tout ce qui est abaissé, méprisé, attend de lui l'espoir que verse la révolte tout en entretenant le désir de bonheur et de beauté qui s'appelle l'amour. La postulation satanique s'exprime ici clairement par *Les Litanies de Satan*, que Mme Aupick admirait et que Théophile Gautier, quand il présente des *Fleurs du mal* (1868), place dans leur véritable éclairage : « *Les Litanies de Satan*, dieu du Mal et prince du monde, sont une de ces froides ironies familières à l'auteur où l'on aurait tort de voir une impiété. L'impiété n'est pas dans la nature de Baudelaire, qui croit à une mathématique supérieure, établie par Dieu de toute éternité et dont la moindre infraction est punie par les plus rudes châtiments, non seulement dans ce monde, mais encore dans l'autre. »

Pourtant, ce qui intéresse Baudelaire c'est la toute-puissance de Satan. Savant et beau, découvreur des trésors cachés, maître du malheur (inséparable de l'espérance, cette « folle charmante »), il est le protecteur de tous les misérables présents dans ces *Litanies*. Et dans celles-ci est célébrée une contre-religion qui, pour ne pas être celle de Baudelaire, n'en offre pas moins une des notes fondamentales des *Fleurs du Mal* : le chagrin est un élément de l'immortalité de Satan, alors que la douleur est le lot de l'humanité.

IX LA MORT

Dans l'édition de 1861 le cycle de *la Mort* s'enrichit de trois poèmes qui renforcent l'unité de cette section et lui confèrent l'ampleur d'une circumnavigation de l'ennui : *La Fin de la Journée*, *Le Rêve d'un Curieux* et *Le Voyage*.

Dans le premier, le démon de la curiosité impose la torture « âpre et délicieuse », « angoisse et vif espoir », d'une vision presque sereine de la mort. Ce songe ne peut satisfaire la curieuse attente qui peut sembler le comble du désespoir, puisque, l'angoisse plonge le poète dans la lumière froide de l'au-delà : « La terrible aurore m'enveloppait. » Il est bien l'objet d'une attraction fatale de la nuit et du silence, habité qu'il est du désir d'échapper aux agitations vaines, dans le repos de l'éternel sommeil. C'est dans le poème en prose *Le Crépuscule du Soir* que Baudelaire célèbre, avec une lyrique complaisance, l'attraction de la nuit bienfaisante, quand la plainte des êtres prisonniers de leur folie, qui vient d'un asile proche, représentant peut-être l'humanité souffrante, favorise la rêverie du poète, annonciatrice des « harmonies de l'enfer ».

Dans *Le Rêve d'un Curieux* le poète attend un renouveau intime de cette plongée dans les « rafraîchissantes ténèbres » (expression commune au *Crépuscule* en prose et au premier des trois poèmes ajoutés en 1861 au cycle de *la Mort*) par l'approfondissement de ce désespoir qui donne le ton à toute une pente de sa rêverie. Le sommeil permet cette exploration des confins de la mort, car il est le refuge-évasion qui incite le poète à s'enfoncer dans l'espace onirique de sa désespérance, pour tenter de se familiariser avec la mort. Mais la surprise capitale est d'une simplicité inattendue : « J'étais mort sans surprise... » Un homme rêve qu'il fait l'expérience de sa mort ; c'est un thème connu en France depuis Montaigne (*Essais*, II, 6). Et il semble que, dans cette expérience fictive, cet homme singulier montre une curiosité amoureuse de la mort et goûte ce songe funèbre où le désir et l'horreur se confondent. Car ce songe est par lui-même un appel de l'inconnu. Spectacle onirique né de l'angoisse, il s'éclaire d'un « vif espoir », désir ardent du spectacle que l'esprit peint lui-même comme l'artiste découvrant la forme imprévisible de son œuvre. Et il se trouve face à la mort prosaïque. Ce qui n'annule ni le mystère ni l'attente naïve (« comme l'enfant »...) du nouveau absolu, au-delà de cet événement banal. Car, de la mort, Baudelaire attend une sorte de recommencement. En effet, elle est d'abord, dans l'ensemble des poèmes sur la mort, l'évasion consolatrice, le « portique ouvert sur les Cieux inconnus ! » *(La Mort des Pauvres)*, « un soleil nouveau » *(La Mort des Artistes)* qui inspire l'artiste. En tout cas la mort visite la « nuit voluptueuse » *(La Fin de la Journée)* et les songes qu'elle impose sont étrangement libérateurs puisqu'ils permettent de rompre les amarres avec « la Vie, impudente et criarde ».

On voit que le thème qui parcourt ces poèmes de la Mort est celui, non pas de la mort elle-même, mais celui du « cœur plein de songes funèbres ». La Mort exerce une attraction obsédante qui avive la soif baudelairienne de l'inconnu.

Le Voyage achève de donner l'ampleur imaginable à cette vision de la mort qui réduit à des agitations vaines les tentatives d'évasion, les divertissements des humains en proie à l'ennui et à la curiosité dévoyée, car le « but se déplace », et l'homme...

« Pour trouver le repos court toujours comme un fou ! »

Écrit en 1859, *Le Voyage* offre un survol de la dérisoire destinée humaine en proie au temps et à la recherche des voluptés qui procurent l'oubli : amour, gloire, bonheur. Le bovarysme éternel « dresse son orgie » et l'illusion gouverne l'humanité, substituant la rêverie passive à la réalité. Mais le Mal est omnipotent et le péché universel. Ce sont les évidences que rapporte le voyageur lucide et c'est pourquoi son agitation touristique est vaine.

La dédicace à Maxime du Camp, adepte et chantre de la religion du progrès, comporte une ironie ravageuse qui rejoint cependant l'aveu de ce journaliste grand voyageur (compagnon de Flaubert en Orient), avouant que ses périples n'avaient nullement soulagé ses « tristes rêveries ».

Le Voyage appartient, remarque Claude Pichois[1], à la dernière période de création du

1. *OC I*, p. 1098.

poète qui compose alors *Les Sept Vieillards*, *Les Petites Vieilles*, *La Chevelure* et *Le Cygne*. *Le Voyage* clôt le cycle de la Mort et *Les Fleurs du Mal*. L'homme ne peut trouver de remède véritable à l'ennui, mais il quête pourtant de multiples et dangereuses distractions nécessaires à sa quiétude temporaire. L'inconnu que recèle notre planète est inépuisable et pourtant il n'est qu'un pâle reflet du véritable inconnu dont l'accès nous est ouvert par la beauté, d'origine divine ou diabolique, « qu'importe » (*Hymne à la Beauté*) puisqu'elle répond à notre désir d'infini.

En 1857, le recueil s'achevait, avec *La Mort des Artistes*, par la quête prométhéenne de la Beauté présentée aussi dans *Le Confiteor de l'artiste* (publié en 1862) des *Poèmes en prose* :

« L'étude du beau est un duel où l'artiste crie de frayeur avant d'être vaincu. »

L'Idole qu'est la Beauté exige un combat contre la Nature que l'artiste étudie et dans laquelle il puise, avec le risque (pour le sculpteur surtout, dans ce sonnet) d'être tenté de trop imiter sa « trivialité positive » (*Pauvre Belgique*). La Beauté, la Créature de ce poème final de 1857, est également l'objet d'un torturant désir de la part d'Idéolus, le sculpteur du drame esquissé dès 1842-1843, avec Prarond, qui chantait le calvaire de l'artiste. Créature monumentale qu'incarnent par exemple la *Nuit* de Michel-Ange ou les *Cariatides* de Puget (voir *Les Phares*).

Mais nombreux sont les sculpteurs incapables de produire le au chef-d'œuvre qui réaliserait leur idéal (vers 9 de *La Mort des Artistes*). Et la métamorphose laborieuse de la matière inerte en cette beauté monumentale est exprimée par la première strophe de *La Beauté*, qui peut aider à comprendre *La Mort des Artistes*. L'Idole parle aux mortels (donc au poète) de *La Beauté* :

« Je suis belle, ô mortels ! comme un rêve de pierre [...] »

L'idée de la mort sous-tend la catachrèse du rêve de pierre et elle est présente à la fin de *La Mort des Artistes*, où sont évoqués ceux qui ont échoué et dont l'inspiration ne peut être ravivée que par le soleil (noir) de la Mort.

Le Rêve d'un Curieux n'est pas plus vrai que *La Mort des Artistes* et une vision de la mort, purement rêvée, n'en annule pas une autre ; ce serait tenir la poésie pour un discours rationnel dont les contradictions marqueraient un flottement regrettable du jugement. Conceptions successives ou simultanées, les poèmes sont des visions qui permettent d'interroger l'insondable. À l'espoir des artistes pour lesquels la mort peut être un « soleil nouveau », régénérant leur inspiration, ne s'oppose pas radicalement l'*attente* du *Curieux* dans ce poème qui montre son anxiété : alors que son rêve funèbre s'est dissipé, sa curiosité reste aussi vive. De plus, il serait maladroit de confondre le poète de *L'Invitation au Voyage* et l'amante-sœur à laquelle il s'adresse, avec les voyageurs astrologues et la Circé tyrannique qui les berne, à la troisième strophe du *Voyage*. Car la cinquième strophe oppose à ces voyageurs ensorcelés les *vrais voyageurs* « dont les désirs ont la forme des nues », qui sont donc insatiables et ne peuvent être satisfaits par les entreprises touristiques les plus variées, garanties par quelque agence patentée. Il n'y a pas de *Fleurs du Mal* plus vraies que d'autres ; elles jalonnent le cours d'une inspiration, d'une pensée, d'une poétique dont on ne voit pas bien comment et pourquoi elles auraient été définitivement fixées à un moment d'une carrière aussi tourmentée et à ce point consacrée à une méditation approfondie et inhabituelle sur l'art du poète.

L'ensemble des poèmes sur *La Mort* se terminent avec la vision d'une vie nouvelle, un au-delà mystérieux qui est l'inconnu absolu. Délivrance des pauvres, la mort semble correspondre à la formule de Montaigne : « L'unique port des tourments de cette vie[1]. »

Mais la mort fait sentir sa présence tout au long des *Fleurs du Mal*. C'est le sentiment dominant qui assombrit toute vision baudelairienne du monde. Elle signifie cependant l'attente du repos « dans la nuit continue » et le dénouement, « le seul but de la détestable vie ». Baudelaire songe à une sorte d'immortalité personnelle, la conscience apaisée se voyant accueillie dans les Limbes.

C'est sur le tercet et la rime « cerveau-nouveau » de *La Mort des Artistes* que s'achève le recueil de Baudelaire, en 1857. Quand *Le Voyage* devient la nouvelle conclusion, en 1861, on trouve la même rime au quatrain final.

Dans le dialogue du poète avec sa conscience, la mort impose constamment sa présence sous les formes diverses de la hantise du déclin, du songe macabre, des rites funèbres, de symboles divers ou d'allégories comme dans la *Danse macabre*[2]. C'est un

1. *Essais* I, XIV.

2. *PG*, p. 130.

lieu commun que Baudelaire renouvelle, comme quelques autres concernant le temps, l'amour et les divers aspects de l'évasion et de l'ennui. Cette Mort, qui a pris des apparences mondaines et qui se faufile dans le bal des vivants, pratique une maïeutique ricanante qui devrait rappeler à ceux-ci la précarité de leur condition. Mais il faudrait au moins que ces vivants, qui ne vivent pas, comme le poète, dans la familiarité de la camarde, contemplent un jour leur propre image dans le pendu déchiqueté par les corbeaux d'*Un Voyage à Cythère*.

X LES AUTRES *FLEURS DU MAL* : *LES ÉPAVES*

Après avoir mis tous ses soins à l'édition de 1861, dès le mois de juillet, Baudelaire pense à une « édition définitive » des *Fleurs du Mal* (augmentée de sept nouveaux poèmes) pour laquelle, après des démêlés déjà signalés avec Poulet-Malassis et Hetzel, il ne trouve pas d'éditeur. Ni Michel Lévy ni Garnier (celui-ci allègue que le recueil est tombé dans l'oubli) ne veulent s'engager. Au mois d'avril 1866, la maladie mettra un terme définitif à ces vaines recherches. Mais, à Bruxelles, Poulet-Malassis a convaincu Baudelaire de publier divers poèmes, certains très achevés, d'autres simples pièces de circonstance, enfin deux autres dignes d'un recueil « satyrique ». C'est l'ensemble de vingt-trois poèmes publié sous le titre *Les Épaves* qui paraît le 6 mai 1868 (Baudelaire en ressent une joie d'enfant, selon Poulet-Malassis) et est condamné ainsi que l'éditeur.

Cependant Baudelaire avait laissé publier, le 31 mars 1866, un groupe de *Nouvelles Fleurs du Mal* (dont quelques futures « Épaves »), titre choisi par Catulle Mendès qui les fait paraître dans son *Parnasse contemporain.*

À la mort du poète, Michel Lévy acquiert le droit de publier ses œuvres. Une édition des *Fleurs*, qu'on espère définitive, sera préparée par Charles Asselineau et Théodore de Banville qui disposent d'une édition du recueil de 1861, augmentée de onze poèmes par Baudelaire. En réalité les deux amis du poète ajouteront vingt-quatre poèmes, extraits des *Épaves* ou des *Nouvelles Fleurs* ou déjà parus en revue. À quoi s'ajoute celui, inédit, écrit à la gloire de Banville.

Dans *Les Épaves*, *Le Coucher du Soleil romantique* est donné pour un hommage aux beaux jours du Romantisme célébrés par Gautier dans son *Histoire du Romantisme.* Mais on ne peut faire l'économie de la note jointe au poème par Baudelaire et qui déplore l'état actuel (1862) de la littérature par comparaison avec l'âge d'or du Romantisme. On peut penser qu'à la piété pour ce glorieux passé qu'il a plus d'une fois exprimée[1], Baudelaire mêle l'ironie de celui qui n'est guère idolâtre de la nature (« fleur, source, sillon » ne l'inspirent guère) et

1. Voir lettre à Vigny, *Corr II*, p. 223.

agence un contraste sensible grâce à la magnificence un peu trop solennelle du vers :

« L'irrésistible Nuit établit son empire »

avec la redondance qui amorce le vers suivant, d'une insistance quelque peu « frénétique » :

« Noire, humide, funeste et pleine de frissons »

d'autant plus que *frissons* appelle la rime lima*çons*. L'image finale du poète qui patauge dans l'élément visqueux ne confirme guère le sérieux de la célébration nostalgique qui est plutôt une déploration du misérable présent. La transition entre l'hommage et la dérision peut être perçue dans les vers 7 et 8 qui nous font assister à une tentative dérisoire des épigones du romantisme pour tâcher de recueillir un peu de son inspiration.

Après les pièces condamnées dont nous avons parlé, viennent dans *Les Épaves* (telles qu'elles sont présentées dans notre édition) quelques *Galanteries* dont se distingue, digne des *Fleurs*, l'admirable poème *Le Jet d'Eau*. C'est une élégie de la volupté du désir apaisé, que chante le rythme alterné des strophes de huit vers et du refrain de six (dont il existe une variante), avec un écho de quatre syllabes. L'harmonie phonétique contribue à la mélodie et aux variations musicales, qui n'ont d'autre fin que de rendre plus intime cette volupté, en ne la distinguant pas de l'exaltation spirituelle dont elle est la source :

« Ainsi ton âme qu'incendie
L'éclair brûlant des voluptés
S'élance, rapide et hardie,
Vers les vastes cieux enchantés. »

Ce poème est à rapprocher de *L'Invitation au Voyage*, si l'on est attentif aux correspondances et aux échos entre les deux œuvres qui nous offrent en effet la synthèse rarement réalisée de l'allégresse et de la rêverie.

À part *Le Jet d'Eau*, on doute que Baudelaire eût pu hisser les autres exercices galants qui le suivent au niveau des *Fleurs du Mal*.

Les *Épigraphes* remplissent simplement leur fonction. Mais Sur *Le Tasse en prison* nous offre un nouvel emblème de la vocation du poète, dans la version romantique issue du *Stello* de Vigny. Ce poème est intéressant par la transformation que Baudelaire a fait subir à la première version dont le manuscrit date de 1844 et dans laquelle le *guignon* ne barre pas l'avenir du poète, âme forte dont le travail s'annonce fécond. Dans la version de 1864, plus proche du modèle de Delacroix, Le Tasse devient le poète hanté par la terreur de la folie. C'est l'angoisse finale de *La Chambre double (Le Spleen de Paris)* : le songe est prisonnier du huis clos de la réalité désolante qui l'étouffe.

Dans les *Pièces diverses*, nous avons déjà apprécié l'importance de *La Voix* qui semble de date ancienne et peut se placer à la suite de *Bénédiction* et des poèmes évoquant l'élection du poète qui se heurte à la réalité hostile.

Pourtant la « Babel sombre » peut être inspirée de *Bérénice*, une des *Nouvelles extraordinaires* de Poe dont le héros ne vit que dans le rêve et qui déclare : « Les réalités du monde m'affectaient comme des visions, et seulement comme des visions. » Ainsi ce poème publié en 1861 se rattache-t-il aux poèmes en prose qui célèbrent le rêve et l'évasion.

C'est sur le sens d'un poème comme *L'Imprévu* que les critiques s'opposent à propos de la religion de Baudelaire, de manière artificielle. Les uns ne prennent pas au sérieux la note que Poulet-Malassis avait jointe au poème, dans *Les Épaves*[1]. A. Adam assure qu'il s'agit d'une mystification qui vise les nouveaux convertis trop zélés, mais aussi les lecteurs et le poète lui-même. À coup sûr, les bien-pensants sont flagellés, car la dédicace à Barbey d'Aurevilly marque bien l'accord de Baudelaire avec un des rares esprits qui éprouvent la même colère contre la médiocrité satisfaite et qui sacrifient à un semblable culte de l'art. Pour d'autres critiques, en effet, *L'Imprévu* est le dénouement d'un combat spirituel. Il leur est aisé de citer les textes dans lesquels Baudelaire exprime son inquiétude religieuse. Ainsi la lettre du 6 mai 1861 à sa mère : « Je désire de tout mon cœur (avec quelle sincérité, personne ne peut le savoir que moi !) croire qu'un être extérieur et invisible s'intéresse à nos destinées ; mais comment faire pour le croire ? »

Charles Du Bos approuve les exégètes qui considèrent que Baudelaire, accablé par la conviction que les plaisirs dégradent, est conduit, à la fois par l'expérience de la con-

1. *PG*, p. 305.

cupiscence et l'horreur du péché, à faire des *Fleurs du Mal* un faisceau de remords et d'espoir éclairé par la prière.

Confrontation intéressante qui nous conduit à suivre Claude Pichois[1] qui voit dans ce poème, certes une réponse à Barbey d'Aurevilly mais aussi un signe de « l'appétence religieuse » du poète. Jean Prévost y distingue pour sa part une vision de Jugement dernier inspirée de Michel-Ange et qui comporte un diable emprunté à Goya. Ce poème est à rapprocher du *Joueur généreux (Spleen de Paris)*, d'abord prévu comme une Fleur du Mal sous le titre *Une âme perdue* : l'homme y joue son âme sans scrupule et sans y prendre vraiment garde. Car, accablé par l'ennui, il doute de l'improbable bonheur, compensation offerte par le « bon » diable. Comprenons sans doute que l'humanité est peu soucieuse de son âme parce qu'elle est vouée à la comédie mondaine de l'argent et du pouvoir (y compris le pouvoir *médiatique* du « gazetier fumeux »). Aussi comprend-on cet avis aux « hypocrites surpris » qui vendent leur âme, pour ainsi dire en détail, au cours de leur vie et qui s'étonnent que le Diable leur fasse payer leurs vices le moment venu. Avis qui rappelle celui *Au Lecteur*, introduction aux *Fleurs* qui offre un catalogue des péchés.

Quant à *L'Examen de Minuit*, qui doit être rapproché du poème en prose *À une heure du matin*, c'est le bilan des absurdités, honnies à l'avance et cependant lâchement perpétrées. Car il s'agit ici de plaisirs et de souillures de l'âme, celles que reconnaît ce chrétien qu'est le poète et qui s'est renié.

1. *OC I*, p. 1155.

Le Mal réside bien dans la dispersion de l'esprit et dans la « vaporisation » de la volonté. Exhortation implicite à bien employer son temps ? Le poème en prose *À une heure du matin* (1862) est d'un accent plus vigoureux encore dans la condamnation de notre hébétude : le temps précieux est irrémédiablement gaspillé dans la complicité avec la bêtise, la prétention et l'ignorance par lâcheté et besoin de plaire. Le moraliste lucide ne peut être que mécontent de soi et mécontent des autres. Seuls les chers morts peuvent intercéder et inspirer un sursaut créateur.

Le Rebelle est une pièce attestée dès 1843 Elle est toujours rapprochée des peintures murales de Delacroix à Saint-Sulpice. Le damné, dominé par la volupté des plaisirs terrestres, est rebelle à cette ascèse qui fait accéder à la « volupté vraie » de la charité. Tension baudelairienne entre deux formes de voluptés contraires, qui n'exclut pas le plaisir de la rébellion.

Pour *Le Gouffre* (1862), notre édition cite la note du premier feuillet d'*Hygiène*[1] concernant la perpétuelle sensation du gouffre qu'éprouve Baudelaire. Les mots *tout, toujours* fournissent la note dominante de ce huis clos paradoxal où le poète se sent prisonnier et perdu de vertige. Cette *Peur* envahit la conscience obsédée par l'impuissance de la volonté et réduite au souhait libérateur de toute lucidité torturée qui s'abandonne et rêve de se fondre dans le néant.

On peut voir aussi dans ce dernier vers (« Ah ! ne jamais sortir... ») le sentiment

1. *PG*, p. 309.

d'une tension entre deux mondes : celui de l'éphémère quantitatif opposé à celui de la qualité, laquelle est figurée par ces « Êtres » qui sont des essences éternelles. La plainte naîtrait donc de l'incapacité humaine à se dégager de cette contradiction irréductible et tragique.

Dans *Les Plaintes d'un Icare* (1862), l'abîme est présent, sombre perspective qui donne tout son sens à l'aventure téméraire d'Icare. On constate l'épuisement de l'artiste qui a tenté de s'élever au sublime, mais le Beau exige un combat dont il sort terrassé, car son ambition est disproportionnée par rapport à ses dons et à son travail. Poème de l'ambition vaincue, il signale que les désirs matériels peuvent être satisfaits, mais l'idéal trop élevé du poète le condamne à la chute comme Icare (dont l'audace dans cette aventure s'oppose à la prudence efficace de son père Dédale).

Recueillement (1861) est à rapprocher du *Crépuscule du Soir* et du poème en prose du même titre. C'est le même motif des « rafraîchissantes ténèbres » dans lesquelles apparaissent les splendeurs du passé (« Regret souriant ») avec la nostalgie de la présence féminine, sur fond de prostitution, de fête servile et de folie. Le Recueillement, grand thème baudelairien, proche de l'examen de conscience, se prolonge parfois en rêve de néant et d'insensibilité définitive. C'est dans ce type de poème qu'est perceptible, sinon analysable, ce que Baudelaire appelle lui-même sa « rhétorique profonde ».

Baudelaire, qui exprime à sa mère, au mois de mai 1861, son « horrible sensation d'un isolement absolu », est contraint au soliloque de celui qui dit *Je* dans *Les Fleurs du Mal*, ou au dialogue imaginaire, ici avec la Douleur (ou avec l'âme du *Crépuscule du Soir*), cette Douleur qui est sa seule richesse, son humanité essentielle. La douleur s'accroît de la conscience qui fait d'elle une réalité authentique, tragique, parce qu'elle la sépare de nous-même et la personnifie en une compagne familière. Elle contraint à s'enfermer dans une insupportable intensité de vie qui approfondit la solitude et détourne des divertissements vulgaires. L'alliance fatale avec la souffrance s'effectue par une purification du passé, simplement coloré de tendre et paradoxale nostalgie (« regret souriant »). Ainsi le présent est allégé de tout remords. La douleur n'est plus une étrangère, elle s'identifie à nous. Baudelaire lui attribue une gravité et une solennité qui font d'elle la compagne d'élection qui permet de savourer le soir et la progression de la nuit. Voilà que la Douleur est devenue un élément de progrès intérieur, de réconciliation avec ce qui est peut-être le plus étranger à notre nature, la souffrance. La liberté créatrice du poète s'empare de la douleur, l'apprivoise, la soumet à sa rhétorique, le temps d'un poème. Souffrance sublimée en compagne, grâce à laquelle le présent trouve son intensité, sacralisé qu'il est par ce qui semble être un rituel vespéral nécessaire à la plongée dans les « ténèbres rafraîchissantes ».

La Lune offensée date probablement d'une époque ancienne, puisque Baudelaire y traite de manière ironique un thème baroque cher à sa période d'apprentissage. Il serait risqué d'y chercher quelque confession concernant la mère du poète, ce serait s'autoriser des confidences involontaires de la correspondance et oublier l'extrême pudeur du poète ; il est préférable de s'attacher à ce qui présente la clarté d'un simple exercice littéraire. D'ailleurs Claude Pichois[1] signale qu'à l'époque de la composition du poème (1844-1846), Baudelaire s'intéressait (à la suite de Gautier) aux *Caprices* de Goya qui fournissent le portrait de la femme-sorcière devant son miroir *(Hasta la muerte)*.

1. *OC I*, p. 1 112.

Les *Bribes* offrent à la curiosité des matériaux que Baudelaire n'a pas utilisés ou qui ont été transformés. Mais les projets de préfaces et d'épilogues sont d'une tout autre importance, nous l'avons vu, les derniers vers de l'Épilogue envisagé fournissant leur parfaite conclusion aux *Fleurs du Mal*.

XI ÉBAUCHE D'UNE POÉTIQUE DES *FLEURS DU MAL*

LES CORRESPONDANCES

On sait que, pour Baudelaire, la Nature n'est pas une source d'inspiration. Elle n'est à ses yeux, comme chez Delacroix, qu'un dictionnaire où les artistes trouvent ce qui leur permet de nourrir leur imagination selon les besoins de leur esthétique. Aussi sont-ils tous deux des maîtres du surnaturalisme tel que le définit Baudelaire lui-même dès le *Salon de 1846* :

« En fait d'art, je suis surnaturaliste. Je crois que l'artiste ne peut trouver dans la nature tous ses types, mais que les plus remarquables lui sont révélés dans son âme, comme la symbolique d'idées innées, et au même instant. »

Claude Pichois a montré la valeur polémique de ce terme que Baudelaire oppose à *naturalisme*, utilisé dans le même Salon pour désigner une sorte d'extase devant la nature qui suscite une esthétique de l'imitation, à laquelle Baudelaire oppose une esthétique idéaliste qui révèle le saisissant, le fantastique, tout ce que le romantisme de Delacroix dévoile quand il se sert des formes proposées par la nature, simples prétextes aux constructions de son imagination qui révèlent l'essentiel : « Intimité, spiritualité, couleur, aspiration vers l'infini[1]. » La formule qui définit le mieux l'art surnaturaliste pratiqué par Delacroix et par Baudelaire est celle qui le désigne comme traçant « de profondes avenues à l'imagination la plus voyageuse[2] ». Toujours à propos de Delacroix, en 1855, Baudelaire emploie le même terme dont on trouve un synonyme dans *Du Vin et du haschich* (1851) : « existence supranaturelle », état qui correspond à ce qu'il appelle la

1. *OC I*, p. 1112.

2. *OC I*, p. 1112.

« béatitude poétique », c'est-à-dire la « multiplication de l'individualité », dans *Les Paradis artificiels* (1860), dont ceux-ci ne donnent qu'une contrefaçon. Car c'est le propre des grands poètes, des philosophes et des prophètes d'atteindre cette béatitude « par le pur et libre exercice de la volonté[1] ».

1. *OC I*, p. 398.

L'esthétique de Baudelaire n'a rien d'une foi en l'inspiration pas plus qu'en un idéal fixé par des modèles passés dans lesquels il serait parfaitement accompli. Cette esthétique est fondée, comme toute la pensée du poète, sur la tension entre les vertus d'un idéal (qui triomphe aussi chez David et Ingres dont Baudelaire reconnaît le génie) et l'expression d'un tempérament et d'une imagination dont seule compte l'originalité. L'art doit donc revêtir la réalité d'un « intérêt surnaturel qui donne à chaque objet un sens plus profond, plus volontaire, plus despotique[2] ». La nature humaine, exilée dans l'imparfait, est animée par ce que Baudelaire appelle « cet admirable, cet immortel instinct du Beau[3] ».

2. *OC II*, p. 596.

3. *OC II*, p. 334.

Vouloir exclure de cette esthétique (par un parti pris aussi réducteur que l'inverse) toute inquiétude métaphysique ou religieuse est vain : elle se constate simplement dans le vocabulaire employé par Baudelaire pour qui la profondeur (qui ne peut être réduite à la vision ou à la sensation du gouffre) est la dimension proprement métaphysique de la rêverie qui donne à tous les phénomènes de la nature leur valeur spirituelle, puisqu'ils sont pensés, contemplés, avec leur part d'imprévu, d'étrange et de mystère qui fait justement la force « despotique » des vrais symboles. C'est dans cette perspective du « surnaturalisme » que la théorie des analogies et des Correspondances prend toute sa signification. Qu'elle soit inspirée, pour certains éléments, de lectures mystiques, occultistes, fouriéristes, ou autres, n'intéresse guère l'amateur de poèmes qui ne jouit que du poème produit par l'imagination, faculté de synthèse par excellence et seule créatrice.

Les hiéroglyphes sont déchiffrés par l'esprit qui s'est libéré de la matérialité et des miasmes de la société *(Élévation)*. Leur sens ne peut être compris qu'avec l'élévation intellectuelle nécessaire. Ces hiéroglyphes ne sont pas les simples phénomènes, choses ou êtres, qui s'offrent à la description réaliste. Ce sont ces réalités poétiques tramées par les Correspondances, qu'ont évoquées avant Baudelaire poètes et idéologues et qui ne sont accessibles qu'à une pensée créatrice de formes, de symboles en lesquels cristallisent les simultanéités et les harmoniques entre sensations. La pensée qui découvre les analogies et la « sorcellerie évocatoire » que Baudelaire met à son service peuvent seules dévoiler affinités et similitudes entre ces divers ordres de sensations, de même que leurs relations avec l'invisible. Les Correspondances ainsi décelées sont traduites en liaisons de mots, en métaphores et rythmes variés ; elles supposent une unité métaphysique imaginée, indéfinissable parce que surnaturelle :

« C'est cet admirable et immortel instinct du Beau qui nous fait considérer la Terre et ses spectacles comme un aperçu, comme une *correspondance* du Ciel. La soif insatiable de tout ce qui est au-delà, et que révèle la vie, est la preuve la plus vivante de notre immortalité. C'est à la fois par la poésie et *à travers* la poésie, par et *à travers* la musique que l'âme entrevoit les splendeurs situées derrière le tombeau [1]... »

1. *OC II*, p. 334.

Et dans son essai sur Victor Hugo, Baudelaire précise encore :

« Tout, forme, mouvement, nombre, couleur, parfum, dans le *spirituel* comme dans le naturel, est significatif, réciproque, converse, correspondant [2]. »

2. *OC II*, p. 133.

Les sensations ne sont pas isolées, sinon pour les besoins de l'analyse abstraite. Elles se superposent et s'accordent ou s'opposent ; ces *synesthésies* forment notre perception réelle et la métaphore joue de ces analogies, de ces intimes correspondances entre couleurs, sons et parfums, les uns et les autres (bien qu'à la fin du sonnet des *Correspondances* Baudelaire raffine sur la symbolique des parfums) ont « l'expansion des choses infinies ».

Baudelaire se réfère à Fourier dans son étude sur Victor Hugo, mais aussi à E. T. Hoffmann dans le *Salon de 1846* : « Je trouve, écrit celui-ci, une analogie et une réunion intime entre les couleurs, les sons et les parfums. Il me semble que toutes ces choses ont été engendrées par un même rayon de lumière, et qu'elles doivent se réunir dans un merveilleux concert. »

Les *synesthésies* désignent donc des affinités sensorielles notées dans une expression comme « rouges fanfares » qui transpose la couleur en termes de musique et dont le poème *Les Phare*s constitue la véritable symphonie qui illustre la loi des *Correspondances*, suggérée dans le sonnet portant ce titre. Ainsi Baudelaire fonde sa poétique sur une véritable complicité de l'intelligence avec les réactions de notre sensibilité. Delacroix est un peintre musicien et Wagner « peint l'espace et la profondeur », car les sons font voir et l'audition colorée est, aux yeux de Baudelaire, un phénomène naturel. On comprend que la véritable activité de la sensibilité esthétique réalise la fusion de tous les sens en un, comme l'indique le deuxième quatrain du sonnet.

La poétique baudelairienne (la « sorcellerie évocatoire » et la « rhétorique profonde ») serait vivement éclairée si la métaphore était étudiée avec soin, à la suite de Gérald Antoine [1] et de Pierre Dufour [2].

Le premier signale que l'Image se présente sous toutes ses formes dans le recueil, de la comparaison solidement étayée par les « comme, tel, ainsi que » à l'allégorie et à la prosopopée, toutes images parcourues par la tension de l'esprit et de l'art baudelairiens entre classicisme et modernité. On avait déjà signalé, pour répondre à des critiques de Paul Valéry, que l'utilisation du cliché, de l'épithète de nature (donc redondante),

1. *Baudelaire*, Colloque de Nice, 1967.

2. *Les Fleurs du Mal*, Société des études romantiques, SEDES, 1989.

comme la « multitude vile », ou de l'allégorie (« sous le fouet du Plaisir »), servait un dessein de contraste avec des éléments d'une harmonie plus juste ou d'une modernité plus agressive.

Gérald Antoine signale l'insistance du poète sur les comparaisons, lui qui est à la recherche d'emblèmes nets, de tableaux parfaits, ainsi qu'il nous le dit dans *L'Irrémédiable*. Le Tasse, d'après Delacroix, nous l'avons vu, est un emblème très net de l'« Âme aux songes obscurs, que le Réel étouffe ».

Dans ce sens on comprend le goût de Baudelaire pour l'*allégorie* considérée comme une figure archaïque, dont il va tirer de remarquables effets dans divers poèmes, pas seulement ceux dont le titre signale cette figure, *Allégorie*, *Le Masque*, mais ceux où il en est fait un usage plus discret :

« – Je suis un cimetière abhorré de la lune,
Où, *comme des remords*, se traînent de longs vers[1] [...]. »

1. *PG*, p. 105.

La personnification serait plutôt ici du côté de la lune qui « abhorre » le cimetière (premier vers) et la simple comparaison au deuxième vers. Mais il est vrai que le substantif abstrait est souvent personnifié :

« Où nagent dans la nuit l'horreur et le blasphème[2]. »

2. *PG*, p. 61.

« L'élixir de ta bouche où l'amour se pavane[3]. »

3. *PG*, p. 57.

L'usage de figures mythologiques fait partie de l'outillage allégorique dont ne se prive pas Baudelaire, fervent lecteur des classiques. La fonction des majuscules renforce encore cette propension à l'allégorie. Mais l'essentiel, dans ce goût, est qu'il manifeste le dessein (qui deviendra typiquement baudelairien) de transfigurer certaines réalités vulgaires en les mettant au contact de notions ou d'abstractions qui reçoivent le revêtement solennel de l'allégorie. C'est ainsi que se trame un réseau de correspondances que le lecteur familier des *Fleurs* peut repérer et apprécier. Classicisme et modernité sont les deux registres contrastés et entremêlés sur lesquels Baudelaire joue pour combiner harmonie et dissonance. On trouve cette superposition des temps, l'un mythique (Andromaque, l'homme d'Ovide), l'autre d'une actualité accablante (le cygne perdu et maladroit, la négresse nostalgique, les marins oubliés dans une île) avec le poème *Le Cygne* où les symboles de l'exil se disposent dans la perspective indéfinie de la rêverie. Car la réussite de cet usage de l'allégorie repose sans doute sur l'élaboration d'une véritable mythologie baudelairienne par laquelle le poète incarne et nous rend familières les grandes réalités obsessionnelles de sa vision intérieure : l'Ennui, le Mal, le Souvenir, le Remords, la Beauté, l'Idéal, la Douleur, l'Ange, le Vampire, les Cieux spirituels. Loin d'être de simples lieux communs de l'imagination poétique, ces sujets sont devenus les thèmes originaux de la poétique baudelairienne.

LA VERSIFICATION DES *FLEURS DU MAL*

Baudelaire hérite du vers romantique mis au service du pittoresque et donc débarrassé le plus possible des termes abstraits, des figures, inversions et périphrases qui encombraient la poétique classique devenue académique, chez les petits maîtres du dix-huitième siècle.

Le romantisme privilégie la richesse des images et de l'épithète, ce qui va de pair avec la facilité que se donne la pensée de varier les coupes de l'alexandrin, de varier les rythmes, c'est-à-dire l'accentuation pour des effets sonores, et de créer le relief suffisant à l'évocation visuelle.

Puis le vers a pris plus de valeur isolée, par un retour aux formes classiques du sonnet et de la ballade par exemple, et il cherche alors une perfection d'objet rare, alors que l'inspiration se fait plus impersonnelle et que l'art du poète se met à rivaliser avec celui du peintre et celui du sculpteur. À la précision archéologique, historique, s'accorde la richesse de la rime, qui est un joug pour le poète médiocre ; mais sa contrainte excessive risque de détourner le poète d'autres soucis qui ont leur importance.

Quand Baudelaire médite sur son art et constitue sa poétique, entre 1840 et 1850, le dogme de la rime riche règne donc, qui sera encore défendu dans le *Petit traité de versification* (1872) de Banville, comme « seul générateur du vers français ». Pourtant il lui arrive de nuire à la richesse de l'idée ou de l'image.

Banville est le virtuose de la rime riche, malgré les licences qu'il se permet. Baudelaire l'admire et il rimera lui-même « excellemment », selon A. Cassagne [1], car les rimes pauvres ou médiocres sont rares dans *Les Fleurs*, du genre couteau / troupeau ; repos / rideaux ; debout / dégoût. Mais il arrive que Baudelaire fasse rimer une syllabe longue avec une brève : pâle/opale ; femmes / âmes ; âme / lame. Il se laisse rarement aller à des rimes pour l'œil plus que pour l'oreille, telles que : vous / tous ; Jésus / crésus ; lit / lys ; aimer / mer (mais Racine a bien risqué Antiochus / vaincus !).

1. *Versification et métrique de Baudelaire*, Hachette, 1906.

Quant à la succession alternée des rimes masculines et féminines, Baudelaire la respecte. Mais il l'adapte à l'effet de monotonie voulu, dans un des *Spleen* (LXXVI) qui présente des ensembles de vers assonancés. De même, dans *Le Vin de l'Assassin* où l'on trouve quatre fois de suite le son *ir*. Pour la rime riche, le maximum est la consonne d'appui répétée, que Baudelaire dépasse pour rimer par deux ou trois syllabes : efforts / les forts ; archer / marcher ; enchanteresse / chasseresse ; novices/nos vices ; éternel / maternel. Ou encore par les trois dernières voyelles prononcées : ridicule / lui circule ; enfumée / enrhumée.

L'homographie de certains mots permet leur accouplement. Ainsi adjectifs et substantifs : fin/(la) fin ; mûr/(le) mur, etc.

Baudelaire, versificateur classique exigeant, ne dispose, dans *Sed non satiata*, pour user avec *havane* de rimes très riches, que de trois mots : caravane, savane et pavane.

Contrainte qui engendre l'image originale accordée à la vision de la femme-sorcière et à la fascination suggérée par le rythme de la strophe : « Je préfère au constance... » Plusieurs fois une contrainte de ce genre entraîne une recherche et une trouvaille originales.

Les deux rimes génératrices dépendent de *matin* et de *nocturnes*, dans *La Muse malade*. Dans *Parfum exotique*, pour obtenir une rime riche avec *marine*, il n'existe que six mots, dont *narine*.

Riche au point de vue du son chez Baudelaire, la rime l'est moins quant au sens et à la variété car, par exemple, ténèbres appelle régulièrement funèbres ; mer/amer, caresse/paresse et automne/monotone.

La proportion des rimes de même nature est importante chez Baudelaire. Dans *Le Masque*, les adjectifs s'accumulent à la rime ; de même que dans les quatrains des *Bohémiens en voyage*.

On en conclut que Baudelaire rime laborieusement car son vocabulaire est restreint et, s'il obtient une richesse assez grande de la rime, c'est aux dépens de la variété. C'est de la difficulté de concilier pauvreté de l'invention verbale et richesse de la rime que résulte la fréquence des inversions dans le style de Baudelaire. On en relève quatre dans le *Spleen* : « Je suis comme le roi d'un pays pluvieux. » Or l'inversion provient de la contrainte de la rime mal supportée. Elle ralentit le vers et oblige l'esprit à un retour en arrière. Mais elle permet aussi de mettre en relief une impression finale, de nostalgie rêveuse, dans *À une Malabaraise*, par exemple.

LES RYTHMES

L'alexandrin est le vers préféré de Baudelaire ; à l'hémistiche un accent rythmique est exigé, arrêt du sens qui suspend la voix, ou insistance sur une syllabe tonique. Le vers de Baudelaire est fortement rythmé. Ni la cinquième ni la onzième syllabes ne peuvent recevoir d'accent, sinon le choc des deux accents trop proches heurte l'oreille. Mais le battement des deux accents produit souvent chez Baudelaire un effet concerté :

« Il est des parfums *frais* comme des chairs d'enfant [...]
Vers le ciel ironique et cruellement *bleu* [...]
Se tenait à la barre et coupait le flot noir [...]
Il nous verse un jour noir plus triste que les nuits. »

Le rythme binaire de l'alexandrin classique sert parfaitement la vision contrastée, conflictuelle, propre à Baudelaire :

« La douleur qui fascine/et le plaisir qui tue...
La volupté m'appelle/et l'amour me consume...
Sors-tu du gouffre noir/ou descends-tu des astres ? »

et il se sert d'un rythme quaternaire (en réalité binaire) pour introduire une expression plus analytique de l'idée :

« [...] Préférerait en somme
La douleur/à la mort/et l'enfer/au néant »

Répartition en quatre mesures égales qui est souvent du plus juste effet :

« Vous marchez/en chantant/le réveil/de mon âme
Et lentement/montait/la divi/ne fumée. »

Si de ce vers binaire, qu'il adapte à ses effets, il crée la trame de son style poétique, Baudelaire n'en néglige pas pour autant le trimètre romantique (qui supprime la césure à l'hémistiche) et il montre une certaine maîtrise dans le maniement de ce vers hugolien. Mais c'est un usage qui n'a rien d'orthodoxe. Car, avec ce trimètre censé suggérer un mouvement rapide, Baudelaire obtient l'effet inverse, puisqu'il suspend le mouvement, aidé par exemple ici par l'accent tonique de *yeux* :

« Voilà le souvenir enivrant qui voltige
Dans l'air trouble/les yeux se ferment/le vertige
Saisit l'âme vaincue [...] »

Autre exemple :

« Ma Douleur/donne-moi la main/viens par ici... »

La nonchalance majestueuse est servie par le même rythme ternaire :

« Quand tu vas/balayant l'air/de ta jupe large,
Tu fais l'effet/d'un beau navire/qui prend le large,
Chargé de sa toile [...] »

Mais l'usage le plus fréquent du trimètre dans *Les Fleurs du Mal* est de mettre un mot en relief, entre la tonique de l'hémistiche et la césure rythmique :

« Pour qui ?/ C'était hier / l'*été* ; voici l'automne
Je dis : Que cherchent-ils/*au ciel*, tous ces aveugles ?
Vous êtes un beau ciel / *d'automne*, clair et rose ! »

Baudelaire tente d'assouplir la structure de l'alexandrin binaire (l'accent à l'hémistiche), songeant à la variété des rythmes de la prose (préface du *Spleen de Paris*). Ce qui incite à comparer certaines *Fleurs* avec des poèmes en prose : *L'Invitation au Voyage* (1855) et la prose du même titre (1857), *Les Sept Vieillards* et *Les Petites Vieilles* (1859), avec *Les Veuves* (1861), *La Chevelure* (1859) et *Un hémisphère...* (1857), *L'Âme du Vin* (1850) et *Du Vin et du haschich* (1851).

C'est Sainte-Beuve, respectueux des règles de la prosodie, qui a donné l'exemple de prosaïsme concerté dans *Les Consolations* et surtout *Les Pensées d'août*. Les vers funambulesques de Banville, qui jouent de dislocations et de brisures, influencent également Baudelaire qui est à la recherche de formes plus simples, plus souples et plus libres, ne satisfaisant pas seulement à notre besoin d'ordre et de symétrie, comme fait l'alexandrin en particulier, mais également aux désirs de monotonie, de surprise et de choc. Par exemple, il gomme la division binaire quand l'idée est exprimée le plus simplement possible, sans mettre en relief un mot à l'hémistiche :

« Un parfum nage autour de votre gorge nue.
J'eusse aimé vivre auprès d'une jeune géante [...]
C'était l'heure où parmi le froid et la lésine [...] »

Le sens permet d'estomper la césure, et parfois l'accent tonique à l'hémistiche est supprimé, car il tombe sur un proclitique ou un monosyllabe :

« À peine les ont-*ils* déposés sur les planches [...]
Vivre est un mal. C'est un secret de tous connu [...]
À la très bonne, à la très belle, à la très chère [...] »

C'est bien sûr aussi par l'enjambement et le rejet que Baudelaire assouplit l'alexandrin. Le deuxième quatrain des *Aveugles* en fournit un exemple :

« Leurs yeux [...]
Comme s'ils regardaient *au loin*, restent levés
Au ciel [...] »

L'enjambement de l'hémistiche par le rythme entraîne le plus souvent l'enjambement à la rime, comme dans *Le Flambeau vivant* :

« Charmants Yeux, vous brillez de la clarté mystique
Qu'ont les cierges brûlant en plein jour ; le soleil
Rougit, mais n'éteint pas leur flamme fantastique [...] »

Et dans *Le Flacon* :

Voilà le souvenir enivrant qui voltige
Dans l'air troublé / les yeux se ferment / le Vertige
Saisit l'âme vaincue [...]

L'enjambement est un procédé exceptionnel qui ne doit pas détruire l'unité du vers. Il s'applique à un effet particulier et peut sembler parfois une négligence dans *Les Fleurs*, alors qu'il permet des effets de rythme, comme par exemple dans *Obsession* où les tumultes de l'océan figurent ceux que le poète retrouve en lui avec :

« [...] ce rire amer
De l'homme vaincu, / plein de sanglots / et d'insultes »

ou bien encore quand il s'agit de suggérer la boiterie ou la marche sautillante des *Petites Vieilles*.

C'est ainsi que Baudelaire s'oriente vers une arythmie par laquelle le vers revient à la prose, pour exprimer la *banalité* et souvent donner un relief plus vigoureux au *chant* du vers classique. Dans l'admirable *Voyage*, le bilan des errances est maigre :

« Dites, qu'avez-vous vu ? [...]
Nous avons vu des astres
Et des flots / nous avons vu / des sables aussi [...] »

Insignifiantes découvertes qui révèlent la pauvreté de l'attention, de la curiosité et de l'imagination des pseudo-voyageurs. Le véritable inconnu est pour eux hors d'atteinte, car ils en ont peur, alors que le poète vit dans son attente :

« Ô Mort, vieux capitaine, il est temps ! levons l'ancre !
Ce pays nous ennuie, ô Mort ! Appareillons ! »

Dans sa *Notice à Baudelaire*, Gautier avait qualifié le style des *Fleurs* en parlant de la trame qui réunit « des fils de soie et d'or à des fils de chanvre rudes et forts ». Les traits dominants de l'incantation ayant besoin du relief produit par un fond de prosaïsme concerté.

Quant au *vocabulaire*, du point de vue du rythme, la prédilection de Baudelaire est pour les mots qui prolongent une impression et amplifient l'effet de continuité, de durée ou de fluidité, puisque les accents toniques sont moins nombreux et que parfois les diérèses renforcent l'effet voulu :

« Glorifiant la mort avec simplicité [...]
La cloche [...]
Jette fidèlement son cri religieux. »

Dans *Spleen* II :

« L'ennui, fruit de la morne incuriosité,
Prend les proportions de l'immortalité. »

Et l'on remarquera que les adverbes offrent une facilité pour obtenir cette dilatation de la durée ou de la sensation en général, dans *La Géante* :

« Dormir nonchalamment à l'ombre de ses seins »

et dans *Femmes damnées (Les Épaves)* :

« Superbe, elle humait voluptueusement
Le vin de son triomphe [...] »

Indifférence, ennui, langueur, nonchalance, démarche de la femme et mélancolie sont des notions qui appellent cet étirement de la durée et du mouvement par des mots de plusieurs syllabes. C'est le principe même de la rêverie qui s'insinue — comme l'ivresse de s'identifier et de comprendre — dans l'esprit du lecteur. Le principe de la rêverie identificatrice se trouve aussi dans l'emploi de mots que leur fréquence dans *Les Fleurs* ou leur usage singulier rendent plus suggestifs.

La rêverie, amorcée par la vue des choses proches, est animée du désir de l'*ailleurs*. Cette pensée de l'immensité où se perd le moi (cf. *Le Confiteor de l'Artiste*, dans *Le Spleen de Paris*), c'est ce que Gaston Bachelard appelle la « conscience d'agrandissement[1] » : « grand délire que de noyer son regard dans l'immensité du ciel et de la mer. [...] dans la grandeur de la rêverie, le *moi* se perd vite », dit Baudelaire dans le *Confiteor*. Il s'agit, comme dans la contemplation passionnée de l'œuvre plastique, et sa transposition par un tempérament, d'oublier le monde perçu. « L'immensité est en nous. Elle est attachée à une sorte d'expansion d'être que la vie refrène, que la prudence arrête, mais qui reprend dans la solitude [...] L'immensité est un des caractères dynamiques de la rêverie tranquille[2]. » C'est sous le signe du mot *vaste* que Baudelaire évoque « l'infinité de l'espace intime » et nous rend sensible à ce mot par une sémantique originale qu'il impose à notre mémoire, dans un vers comme :

« Vaste comme la nuit et comme la clarté [...] »

Ici le mot vaste réunit des contraires. C'est le style de « l'âme lyrique » que d'être « capable d'enjambées vastes comme des synthèses », selon l'expression de Baudelaire dans *Les Curiosités esthétiques*. Un tel terme permet donc de faire correspondre le monde exté-

1. *Poétique de l'espace*, PUF, p. 169.

2. *Poétique de l'espace*, PUF, p. 169.

rieur (et ses perspectives sur l'infini que seule l'imagination peut rêver) et le monde intime, tous deux compris dans une « vaste unité » joignant en effet, dit Baudelaire, « le vaste monde et les vastes pensées ». Unité qui est une hypothèse philosophique ou un objet de foi, mais à laquelle les correspondances, inventées ou retrouvées par le poète, confèrent une signification esthétique.

Dans *La Voix*, Baudelaire pratique l'alternance du chant et du prosaïsme. En effet, l'expression « Deux voix me parlaient » introduit un passage prosaïque adapté au « matérialisme » de l'idée : dévorer la vie. Alors que l'invitation à la rêverie se développe en un chant persuasif :

« Viens ! oh ! viens voyager dans les rêves,
Au-delà du possible, au-delà du connu ! »

qui désigne l'univers de la poésie par excellence et la vocation du poète définie au vers :

« Je vois distinctement des mondes singuliers [...]. »

C'est un poème capital pour la compréhension de la poétique baudelairienne car il indique que la clairvoyance du poète est une vision paradoxale qui touche à la réalité inaperçue, à l'envers des évidences usées, au contraire des certitudes du bon sens confortablement installé dans ses routines stériles.

La réalité n'est pas la somme des faits-mensonges qui satisfont justement les « réalistes », car seul l'imaginaire, qui a son principe dans la rêverie et le rêve, est vrai. Baudelaire le rappelle dans la dédicace des *Paradis artificiels* : le bon sens supérieur du poète, c'est-à-dire sa « folie », nous dit que « les choses de la terre n'existent que bien peu, et que la vraie réalité n'est que dans les rêves ».

REMARQUE SUR LES STROPHES

La plupart des *Fleurs du Mal* sont disposées en strophes. Dans celles qui font l'économie de cette disposition les rimes plates l'emportent de beaucoup sur les rimes croisées.

C'est la strophe de quatre vers qu'utilise le plus souvent Baudelaire ; les rimes sont croisées ou embrassées, celles-ci donnant une plus forte unité à la strophe. Et la plupart du temps il suit la règle de succession des rimes masculines et féminines qui change d'un quatrain à l'autre selon le dessin :

MFFM FMMF MFFM, etc.

Mais *Le Vampire* se distingue par ses deux groupes de trois strophes ; chaque groupe comporte deux premières strophes en rimes croisées et la dernière en rimes embrassées : les derniers vers y gagnent un relief nouveau.

Dans la strophe de cinq vers, Baudelaire recherche également la plus forte unité, avec les rimes ababa, encore augmentée de la répétition, plus ou moins complète, du premier vers en cinquième position *(Lesbos, Le Monstre)*. Le refrain consolide d'ailleurs l'unité d'un poème, fondée plus sur le sens que sur une structure strophique rigoureuse, laquelle structure est constituée par la juxtaposition de deux quatrains. De même la strophe hétérométrique de douze vers de *L'Invitation au Voyage* est composée de deux sixains qu'unissent seulement le sens et l'adjonction du refrain.

Au milieu du XIXe siècle se multiplient les recueils qui comportent de nombreux sonnets ; c'est l'époque au cours de laquelle Baudelaire compose son livre, qui en 1857 comporte quarante-quatre sonnets sur cent pièces.

On sait que Sainte-Beuve a restauré ce genre en France, sous la double influence de la Pléiade et de Wordsworth, et qu'il en a composé lui-même un grand nombre.

On s'étonnera que Baudelaire, soucieux de s'émanciper d'une obligation de régularité imposée par les formes fixes, l'ait cependant préféré. Mais Baudelaire connaît aussi les vertus de la contrainte féconde :

« Parce que la forme est contraignante, l'idée jaillit plus intense : tout va bien au sonnet, la bouffonnerie, la galanterie, la passion, la rêverie, la méditation philosophique. Il y a là la beauté du métal ou du minéral travaillés[1]. »

1. Lettre à A. Fraisse, le 18 février 1860.

Mais il ne cesse cependant de s'affranchir des contraintes de cette forme qu'il préfère. Cassagne[2] a remarqué seulement *quatre* sonnets réguliers dans toute l'œuvre de Baudelaire, c'est-à-dire dont la disposition des rimes obéit au seul type régulier selon Banville : abba, abba, ccd, ede. Indépendance qui rappelle celle de Musset, d'ailleurs peu enclin à user de ce genre. Les sonnets libertins de Baudelaire sont peu appréciés de

2. *Versification et métrique de Baudelaire*, p. 90.

Gautier qui ne s'explique pas les irrégularités fantaisistes fréquentes dans *Les Fleurs du Mal*.

« L'irrégulier dans le régulier » et « le manque de correspondance dans la symétrie » sont les défauts que n'accepte pas le parfait technicien du vers qu'est Gautier. C'est pourtant à dessein que Baudelaire les pratique, en chercheur de la nouveauté et en ironiste qui utilise à ses fins les formes classiques exigeant une rigueur féconde. Mais c'est aussi que la contrainte de la rime, pour lui rimeur laborieux, l'oblige à en augmenter le nombre dans le sonnet contrairement à la règle, s'il veut conserver cette forme qui lui est indispensable. Il va parfois jusqu'à se résigner à l'assonance, comme dans *Le Tonneau de la Haine*, par exemple, où *abîmes* rime avec *victimes*. La licence du poète s'exerce aussi dans la combinaison des rimes des tercets qui se voient imposer dix combinaisons différentes dans l'ensemble du recueil. Pour couronner cette fantaisie, on peut lire un sonnet renversé *(Bien loin d'ici)* et un autre dont les tercets sont enfermés dans les quatrains *(L'Avertisseur)*.

On peut penser que, malgré les variations peu orthodoxes qu'il fait subir au sonnet, Baudelaire est persuadé qu'il en conserve la vertu qui lui importe avant tout : donner à sa pensée la plus grande intensité grâce à des proportions restreintes et préparer la concentration sur le trait final qui est l'originalité du sonnet.

REFRAINS. REPRISES

Le moyen le plus simple d'imposer une idée, une impression, d'insinuer une vision quelque peu obsessionnelle consiste pour le poète à en répéter l'expression et à créer des motifs rythmiques que viennent renforcer l'assonance et l'allitération pour mettre en relief certains vocables-phares. Répétitions de vers entiers, par exemple, qui jouent pour la strophe le rôle de la rime riche pour le vers.

À deux reprises Baudelaire exprimera (en 1851 et en 1863) son estime pour le chansonnier Pierre Dupont, tout en sachant bien que son talent « doit plus à la nature qu'à l'art[1] ». Banville de son côté multiplie les chansons dans les *Stalactites* (1846).

1. *OC II*, p. 175.

Là encore, Baudelaire adapte cet art aux effets qu'il recherche. Par exemple, *L'Invitation au Voyage* comporte des strophes de douze vers (de cinq et sept syllabes) composées en réalité de deux sixains. Un refrain de deux vers de sept syllabes, qui délimite la strophe et renforce son unité, souligne le rythme d'ensemble. Rythme bref fondé sur l'impair qui produit une impression de vive fluidité, mais ralentie par l'apaisement (y coopèrent les termes abstraits qui dissipent toute pesanteur) du refrain souligné par des rimes plates.

Dans *Le Jet d'Eau*, le motif du refrain renforce l'idée de l'apaisement et de cette langueur qui prolonge l'extase après « l'éclair violent des voluptés ». Le motif du jet d'eau insinue, au cœur des huitains (en fait deux quatrains) d'octosyllabes, la plainte sempiternelle de l'amour, bonheur nuancé de mélancolie.

Les Litanies de Satan sont formées de distiques invocatoires en rimes plates. L'effet de monotonie de la plainte insistante est produit par le retour (quinze fois) d'un vers qui accompagne chaque trait de ces perfections justifiant l'invocation, d'une liturgie inversée, à l'Ange rebelle, savant et damné.

Baudelaire use également du refrain à l'aide d'un vers qui ouvre ou ferme la strophe.

Dans *Harmonie du Soir*, essai de pantoum, il opère la reprise du deuxième vers et du quatrième d'une strophe au premier et au troisième vers de la suivante. Mais le poème est construit sur deux rimes, difficulté supplémentaire qui oblige Baudelaire à l'abréger.

Ailleurs Baudelaire use de la strophe encadrée par un vers refrain : dans les strophes de cinq vers du *Balcon*, le premier vers rime avec le troisième, et le cinquième le reprend. Forme qui a la faveur de Baudelaire, notamment dans *Lesbos (Épaves)*, dans *Mœsta et errabunda* (autour des deux mots-thèmes *mer* — ou océan — et *paradis*, s'organisent toutes les images de l'évasion) et dans *L'Irréparable*, *Réversibilité*, *Le Balcon* et *Le Monstre*.

À propos du *Balcon*, Jean Prévost indique l'effet de ce mécanisme savant : « Et quand ce premier vers se répète, il est pour l'esprit, pour la voix, plus facile que la première fois [...] l'émotion, enrichie par toute la strophe, se renforce et s'épanche avec ampleur en ce vers qui la résume : ce vers répété *agit main-*

tenant sur nous aussi comme le rappel d'un souvenir[1]. »

1. *Baudelaire*, p. 331.

Remarquons aussi qu'un des procédés que Poe juge infaillibles est la répétition de mêmes mots, de mêmes constructions, avec certaines recherches de variété qui soulignent encore mieux le leitmotiv.

Certes, avant la découverte de Poe, Baudelaire s'essaie déjà à la répétition variée, dans *Les Yeux de Berthe*. Mais Poe apprend à Baudelaire à varier la pensée tout en accentuant la monotonie du son et en évitant la rigidité qui menace l'usage du refrain français.

Ce qui oriente la volonté de Baudelaire dans ces recherches, c'est sans doute le désir d'exprimer l'oubli du réel, des chocs douloureux de l'existence au profit d'une sensibilité presque abstraite, très générale en tout cas (« où le *moi* se perd »), et de suggérer ce qui est au cœur de la rêverie et qui la prolonge. Impression qu'il traduit exactement dans son étude sur Wagner :

« Je me sentis délivré *des liens de la pesanteur*, et je retrouvai par le souvenir l'extraordinaire *volupté* qui circule dans *les lieux hauts* [...] Je conçus pleinement l'idée d'une âme se mouvant dans un milieu lumineux, d'une extase, *faite de volupté et de connaissance*, et planant au-dessus et bien loin du monde naturel. »

UNE TRADITION DE LA MODERNITÉ

Baudelaire élève un monument poétique qui est une réaction violente, profonde et méthodique contre le romantisme dévoyé par l'éloquence, le sentimentalisme et la politique. Mais c'est par fidélité au romantisme de Byron, de Chateaubriand, de Vigny, de Balzac et d'un certain Hugo visionnaire. Ce qui fait de lui un Maudit, en effet, c'est moins sa vie tourmentée, sa révolte de dandy, que sa méthode plongeant le lecteur dans un monde original qui le contraint à enlever ses masques et à s'interroger sur son propre destin. Baudelaire impose plus d'énergie au langage du romantisme et s'attache volontairement aux réalités de l'horreur jusque-là voilée par la rhétorique de la bonne conscience des littérateurs. Ceux-ci sont pourtant contestés par la révolte douloureuse de poètes « frénétiques », comme Alphonse Rabbe et Pétrus Borel. Mais c'est dans la mesure où son imagination (la rêverie qui est une manière de penser la réalité) et sa pratique de l'examen de conscience lui révèlent les tourments de l'âme moderne (sur fond de cité infernale) qu'il invente ce tragique de l'homme civilisé et corrompu que vont explorer à sa suite Jules Laforgue et Alfred Jarry, Léon-Paul Fargue, Pierre Jean Jouve et Pierre Reverdy.

Baudelaire se détache en effet de tout lyrisme verbal pour nous introduire à une connaissance distincte de la réflexion philosophique mais qui la rejoint sans doute, celle que définit Georges Blin dans son irremplaçable *Baudelaire*[1] : « Le dérèglement de la fonction objective mène donc à une autre forme de connaissance : indistincte et totale ; l'absence au réel permet de joindre une réa-

1. Voir p. 91.

lité dont notre univers stable n'est que la simplification, et, pour ainsi parler, la caricature ; seul le rêve nous rend la richesse d'un monde que l'intérêt raisonnable à découpé puis passé au crible. »

Ainsi Baudelaire semble-t-il faire de l'hallucination, de l'exploration de la vie nocturne de la pensée, du paradoxe et de l'exaltation héraclitéenne des contraires, les éléments d'une méthode qui met à son service toutes les richesses de la métaphore et des rythmes. La hantise de toute sa carrière de poète est la menace multiforme qui pèse sur la pensée et dont la principale est le pressentiment fatal d'un déclin imminent.

L'image la plus vraie de Baudelaire est celle de l'artiste persuadé (*Les Fleurs du Mal* en sont la défense et l'illustration) que toutes les contraintes que lui impose son travail aident à « l'éclosion de l'originalité », que son but est d'accomplir *juste* ce qu'il a projeté de faire pour que de son poème « tous les systèmes soient intelligibles [1] ».

1. G. Blin, *Baudelaire*, p. 99.

Nul n'est plus opposé que Baudelaire à l'abandon à l'inspiration, à la complaisance dans l'échec et à l'esprit d'abdication. Les meilleurs essais consacrés à ce poète (voir Bibliographie) ne semblent pas avoir dissipé la tentation de simplifier cette figure complexe en celle d'un strict technicien ou d'un complaisant bourreau de soi-même.

Pourtant le *Salon de 1846* l'indiquait déjà : il s'agit pour l'artiste de faire s'exprimer « la domination du tempérament dans la manière », c'est-à-dire « la science du métier

[...] laissant le beau rôle au tempérament », pour concilier le hasard heureux (qu'on peut appeler la grâce) avec le calcul de la réflexion scrupuleuse. C'est pourquoi Baudelaire est le premier poète qui ait porté en lui un critique aussi rigoureux, mais aussi un moraliste aussi sévère envers lui-même. C'est pourquoi, ainsi que le souligne fortement Claude Pichois dans son *Baudelaire*[1], jamais avant lui « la poésie ne s'était prise elle-même, *systématiquement*, pour objet de la création [...] Tirant parti de ses propres insuffisances, [Baudelaire] a su, de la difficulté d'être et de créer, faire une difficulé vraiment créatrice de nouvelles valeurs esthétiques ».

1. *Études et témoignages*, p. 261.

DOSSIER

I. REPÈRES BIOGRAPHIQUES

Ces indications chronologiques sont extraites de l'édition Poésie/Gallimard des *Fleurs du Mal* (« Vie de Baudelaire », p. 257-261).

1821 9 avril. Naissance (13, rue Hautefeuille, à Paris) de Charles Baudelaire (baptisé le 7 juin suivant à Saint-Sulpice), fils de Joseph-François Baudelaire, né en 1759, et de Caroline Archenbaut-Defayis (Dufaÿs), née en 1793, morte en 1871. De son premier mariage avec Mlle Janin, Joseph-François Baudelaire avait eu un fils (dont Charles sera le demi-frère), Claude-Alphonse, né en janvier 1805, mort en avril 1862 à Fontainebleau où il avait fait carrière dans la magistrature.

1827 10 février. Mort de J.-F. Baudelaire.

1828 8 novembre. Mme Veuve Baudelaire épouse le chef de bataillon Aupick, né en 1789, et qui est déjà chevalier de Saint-Louis et officier de la Légion d'honneur. Sa carrière future ne démentira pas ces brillantes prémices : après avoir été ambassadeur à Constantinople, puis à Madrid, Aupick mourra (1857) sénateur de l'Empire.

1832 Envoyé à Lyon en garnison, le colonel Aupick fait admettre son beau-fils à la pension Delorme.

1833 Octobre. Baudelaire entre comme interne en cinquième au Collège royal de Lyon.

1836 Aupick est appelé à l'État-Major de la place de Paris ; le 1er mars, Charles entre au Collège Louis-le-Grand.

1837 Au concours général, Baudelaire, qui termine sa seconde, obtient un deuxième prix de vers latins.

1838 Été. Voyage dans les Pyrénées avec Aupick. Baudelaire en rapporte les strophes déjà caractéristiques d'*Incompatibilité*.

1839 18 avril. Renvoi du Collège Louis-le-Grand, pour une vétille.

Août. Le 12, Baudelaire est reçu bachelier.

1840 « Vie libre » de Baudelaire à Paris. Il rencontre Ourliac, Gérard de Nerval, Balzac et il fait la connaissance de Gustave Le Vavasseur, poète normand, et d'Ernest Prarond, poète picard. — Liaison de Baudelaire avec Sara, dite Louchette, petite prostituée du Quartier latin.

1841 Juin / 1842, mi-février. Voyage maritime de Baudelaire, organisé par Aupick pour arracher son beau-fils à la vie dissipée qu'il mène. Séjour à l'île Maurice et à la Réunion. Retour par le Cap. (Baudelaire n'est pas allé jusqu'à Calcutta, où il prétendra avoir relâché.)

1842 9 avril. Baudelaire, majeur, va être mis en possession de la fortune qui lui vient de son père (75 000 francs de l'époque).

Juin. Baudelaire loge quai de Béthune dans l'île Saint-Louis. C'est alors qu'il se lie avec Jeanne Duval et fait la connaissance de Banville.

1843 Février. Projet d'une collaboration à un recueil de vers avec Le Vavasseur, Prarond et Dozon. Baudelaire renoncera finalement à ce projet. Mais il commencera avec Prarond un drame en vers, *Idéolus*.

Mai. Baudelaire s'installe à l'hôtel Pimodan, quai d'Anjou. Il contracte ses premières dettes importantes, origine de ses futures difficultés financières.

1844 2 mars. Publication des *Mystères galants des théâtres de Paris* auxquels il a collaboré anonymement.

20 septembre. Baudelaire, à la demande du conseil de famille, se voit pourvu, en la personne de maître Ancelle, notaire à Neuilly, d'un conseil judiciaire.

1845 30 juin. Tentative de suicide.

1845-1846 Publication de deux *Salons* et collaboration au *Corsaire-Satan*, ainsi qu'à quelques autres revues. Au second plat de la couverture du *Salon de 1846* sont annoncés pour paraître prochainement : « *Les Lesbiennes*, poésies par Baudelaire-Dufaÿs, *Le Catéchisme de la Femme aimée*, par le même. »

1847 Janvier. *La Fanfarlo* dans le *Bulletin de la Société des Gens de lettres*. — Découverte d'Edgar Poe.

18 août. Au théâtre de la Porte-Saint-Martin, Marie Daubrun débute dans le premier rôle de *La Belle aux cheveux d'or*. Une liaison de Baudelaire avec Marie peut être datée (selon Albert Feuillerat) de cette année-là.

1848 Baudelaire prend part aux journées de Février et rédige avec deux amis les deux numéros d'une feuille socialiste : *Le Salut public*. En avril-mai, il est secrétaire de la rédaction d'un journal républicain modéré. En octobre, il est appelé à Châteauroux comme rédacteur en chef du *Représentant de l'Indre*, journal conservateur : aventure sans lendemain.

1850 Juin. *L'Âme du Vin (Le Vin des Honnêtes Gens)* et *Châtiment de l'Orgueil* paraissent dans *Le Magasin des Familles*, où ils sont annoncés comme devant faire partie d'un volume intitulé *Les Limbes*.

1851-1852 Collaboration à diverses revues. Découverte de Joseph de Maistre.

1852 9 décembre. Baudelaire envoie à Mme Sabatier, sous l'anonymat, le premier des poèmes écrits pour elle. Les envois se succéderont jusqu'en février 1854. En août 1857, la déesse se révèle femme.

1854 Juillet/1855, avril. Traduction en feuilleton dans *Le Pays* des *Histoires* et des *Nouvelles Histoires extraordinaires* de Poe,qui paraîtront en volume en mars 1856 et mars 1857. En 1855, articles sur l'Exposition universelle et sur l'*Essence du Rire.*

1855 1er juin. La *Revue des Deux Mondes* insère 18 poèmes, sous le titre, pour la première fois imprimé, *Les Fleurs du Mal.*

1856 30 décembre. Contrat entre Baudelaire et la maison d'édition alençonnaise Poulet-Malassis et De Broise à laquelle le poète vend *Les Fleurs du Mal.* Auguste Poulet-Malassis, chartiste, grand bibliophile, homme de goût et éditeur audacieux, fut l'un des plus fidèles amis de Baudelaire.

1857 4 février. Remise du manuscrit des *Fleurs du Mal* au correspondant parisien de Poulet-Malassis.

27 avril. Mort d'Aupick.

25 juin. Mise en vente des *Fleurs du Mal.*

5 juillet. Article de Gustave Bourdin dans *Le Figaro.* Ce furent, dit-on, ces lignes aussi sottes que méchantes qui déchaînèrent les poursuites judiciaires.

14 juillet. Article très élogieux d'Édouard Thierry dans *Le Moniteur.* — Baudelaire le recueille dans une plaquette : *Articles justificatifs.*

20 août. Procès des *Fleurs du Mal* devant la 6e chambre correctionnelle. Réquisitoire d'Ernest Pinard (qui avait déjà requis la même année contre *Madame Bovary*). Condamnation de l'auteur et des éditeurs à des amendes et à la suppression de six poèmes.

1859 Juin et juillet. La *Revue française* publie le *Salon de 1859.*

1860 1er janvier. Nouveau contrat signé avec Poulet-Malassis pour la seconde édition des *Fleurs du Mal, Les Paradis artificiels*, les *Opinions littéraires* (le futur *Art romantique*) et *Curiosités esthétiques.*

Mai. Publication des *Paradis artificiels* par Poulet-Malassis.

1861 Février. Publication de la deuxième édition des *Fleurs du Mal.*

1er avril. *Richard Wagner* dans la *Revue européenne.* Augmentée d'une postface, cette étude sera publiée en mai sous la forme d'une brochure.

Décembre. Baudelaire pose sa candidature à l'Académie française. Il la retirera au mois de février suivant.

1862 23 janvier. Le poète subit un « singulier avertissement » qu'il consigne dans ses journaux intimes et sent passer sur lui « le vent de l'aile de l'imbécillité ».

Août. Publication de sept notices de Baudelaire (sur Hugo, Marceline Desbordes-Valmore, Gautier, etc.), dans le tome IV des *Poëtes français*, anthologie dirigée par Eugène Crépet. Dans ce même volume, notice de Gautier sur Baudelaire.

6 septembre. Article enthousiaste sur *Les Fleurs du Mal* dans *The Spectator*, par Algernon Charles

Swinburne, qui se rangeait l'un des premiers parmi les disciples de Baudelaire.

Septembre. Quelques *Petits Poëmes en prose* dans *La Presse.*

1863 13 janvier. Baudelaire cède à l'éditeur Hetzel (qu'il retrouvera en Belgique) le droit de publication des *Fleurs du Mal* et des *Petits Poëmes en prose (Le Spleen de Paris)*, mais celui des *Fleurs* appartient encore à Malassis...

1864 Avril. Baudelaire part pour Bruxelles où il doit faire des conférences et où il compte vendre à un éditeur ses œuvres complètes. Sa déception, son amertume se donneront libre cours dans un pamphlet d'une rare violence : *Pauvre Belgique.*

1865 1er février. Mallarmé publie dans *L'Artiste* sa *Symphonie littéraire* dont la deuxième partie est consacrée à la gloire de Baudelaire.

Novembre et décembre. Articles enthousiastes de Verlaine sur Baudelaire, dans *L'Art.*

1866 Février. Publication des *Épaves,* qui recueillent notamment les pièces condamnées et des vers de circonstance.

Mi-mars. Chute de Baudelaire sur les dalles de l'église Saint-Loup à Namur : troubles cérébraux ; hémiplégie. Baudelaire sera soigné quelque temps à Bruxelles. En juillet, sa mère le ramène à Paris, où il est hospitalisé à la maison de santé du Dr Duval, près de l'Étoile.

1867 31 août. Mort de Charles Baudelaire, après une longue agonie. Service religieux à Saint-Honoré-d'Eylau le 2 septembre. Inhumation au cimetière Montparnasse, où Banville et Asselineau prononcent des discours.

1868 Décembre. La maison Lévy, qui avait acquis pour 1 750 francs le droit à la publication des œuvres de Baudelaire, met en vente *Curiosités esthétiques* et la troisième édition des *Fleurs du Mal*, précédée d'une préface de Gautier. L'année suivante paraîtront *L'Art romantique* et les *Petits Poëmes en prose*, auxquels succéderont, jusqu'en mai 1870, trois volumes reprenant la matière des cinq traductions de Poe.

II. BAUDELAIRE ET SON LIVRE

Après la première édition des *Fleurs du Mal*, Baudelaire écrit à sa mère le 9 juillet 1857.

Ce livre, dont le titre *Fleurs du Mal* dit tout, est revêtu, vous le verrez, d'une beauté sinistre et froide ; il a été fait avec fureur et patience. D'ailleurs, la preuve de sa valeur positive est dans tout le mal qu'on en a dit. Le livre met les gens en fureur. Du reste, épouvanté moi-même de l'horreur que j'allais inspirer, j'en ai retranché un tiers (les deux tiers raturé) aux épreuves. On me refuse tout, l'esprit d'invention et même la connaissance de la langue française. Je me moque de tous ces imbéciles, et je sais que ce volume, avec ses qualités et ses défauts, fera son chemin dans la mémoire du public lettré, à côté des meilleures poésies de V. Hugo, de Th. Gautier et même de Byron.

Lettre de Baudelaire à maître Ancelle, après le refus de la maison Garnier, le 18 février 1866.

Les Fleurs du Mal, livre oublié ! Ceci est trop bête. On les demande *toujours*. On commencera peut-être à les comprendre dans quelques années.

[...] Faut-il vous dire, à vous qui ne l'avez pas plus deviné que les autres, que dans ce livre *atroce*, j'ai mis tout mon cœur, toute ma *tendresse*, toute ma *religion* (travestie), toute ma *haine* ? Il est vrai que j'écrirai le contraire, que je jurerai mes grands dieux que c'est un livre *d'art pur*, de *singerie*, de *jonglerie* ; et je mentirai comme un arracheur de dents.

III. CHOIX DE TEXTES CRITIQUES SUR *LES FLEURS DU MAL*

Lettre de Gustave Flaubert à Baudelaire, le 13 juillet 1857.

Franchement, cela *(Les Fleurs du Mal)* me plaît et m'enchante. Vous avez trouvé le moyen de rajeunir le romantisme. Vous ne ressemblez à personne (ce qui est la première de toutes les qualités). L'originalité du style découle de la conception. La phrase est toute bourrée par l'idée, à en craquer. J'aime votre âpreté avec ses délicatesses de langage qui la font valoir, comme des damasquinures sur une lame fine [...]. En résumé ce qui me plaît avant tout dans votre livre, c'est que l'art y prédomine [...]. Vous êtes résistant comme le marbre et pénétrant comme un brouillard d'Angleterre.

Lettre de Victor Hugo à Baudelaire, Hauteville-House, le 6 octobre 1859.

[...] Je comprends toute votre philosophie (car, comme tous les poètes, vous contenez un philosophe) ; je fais plus que la comprendre, je l'admets ; mais je garde la mienne. Je n'ai jamais dit : l'Art pour l'Art ; j'ai toujours dit : l'Art pour le progrès. Au fond, c'est la même chose, et votre esprit est trop pénétrant pour ne pas le sentir. En avant ! c'est le mot du Progrès ; c'est aussi le cri de l'Art. Tout le verbe de la poésie est là. Ite.

Que faites-vous donc quand vous écrivez ces vers saisissants : *Les Sept Vieillards et les Petites Vieilles* que vous me dédiez et dont je vous remercie ?

Que faites-vous ? Vous marchez. Vous allez en avant. Vous dotez le ciel de l'art d'on ne sait quel rayon macabre. Vous créez un frisson nouveau.

Lettre d'Alfred de Vigny à Baudelaire, le 27 janvier 1862.

J'ai besoin de vous dire combien ces *Fleurs du Mal* sont pour moi des Fleurs du Bien et me charment ; combien aussi je vous trouve injuste envers ce bouquet, souvent si délicieusement parfumé de printanières odeurs, pour lui avoir donné ce titre indigne de lui et combien je vous en veux de l'avoir empoisonné quelquefois par je ne sais quelles émanations du cimetière de Hamlet.

Propos de Jules Lemaître, dans *Les Contemporains*, 1897, vol. IV, p. 30.

[...] C'est bien l'effort essentiel du baudelairisme : unir toujours deux ordres de sentiments contraires et, au premier abord, incompatibles, et, au fond, deux conceptions divergentes du monde et de la vie, la chrétienne et l'autre, ou, si vous voulez, le passé et le présent. C'est le chef-d'œuvre de la Volonté (je mets, comme Baudelaire, une majuscule), le dernier mot en fait de sentiments, le plus grand plaisir d'orgueil spirituel... Et l'on comprend qu'en ce temps d'industrie, de science positive et de démocratie, le baudelairisme ait dû naître chez certaines âmes, du regret du passé et de l'exaspération nerveuse, fréquente chez les vieilles races.

Benjamin Fondane, *Baudelaire et l'expérience du gouffre*, Paris, Seghers, 1947, p. 192-193.

Non seulement Baudelaire descend dans le sous-sol humain où grouille un monde de stupre et de honte, mais il prend sur lui de montrer que le sous-sol peut donner des fleurs, que cheveu, boue, crasse « peuvent aussi chanter ». Aussi son chant accorde-t-il à ces choses méprisées et ridicules le baptême de la forme séparée que leur avait refusé l'Idée, et témoigne par là que la poésie est autre chose que la manifestation sensible de l'Idée, quand elle le veut, quand elle l'ose. Il suffit de ne pas craindre de se noyer dans un abîme de niaiseries, et l'absurde se met à chanter, des fleurs poussent sur l'arbre du mal, tout un monde sort à la surface, « dont la philosophie moderne (pas plus d'ailleurs que l'ancienne) ne veut pas tenir compte ».

Maurice Blanchot évoque le poème *Le Gouffre*, dans *La Part du feu*, Paris, Gallimard, 1949, p. 141.

– Hélas ! tout est abîme, — action, désir, rêve,
Parole ! [...]

Que la parole puisse être abîme, voilà ce qui ouvre à Baudelaire la voie de la création poétique. Écrire des poèmes répondant à un idéal esthétique original, écrire des nouvelles, des romans, des pièces de théâtre, comme il convient à un véritable homme de lettres, il le veut, c'est son but. Mais, en ce même Baudelaire, comblé s'il parvenait à la gloire d'un Gautier, vit aussi la révélation que tout est abîme et que « tout est abîme » c'est là le fond de la parole.

Yves Bonnefoy, *L'Improbable*, Mercure de France, 1959, p. 46-47.

C'est sous l'empire de l'idée que notre monde est coupable. Que rien de pur n'y demeure après la faute et la damnation. La mort même, sous ce jour peut être bonne ou mauvaise. La mort a perdu sa pureté. Et elle a perdu de son être, puisqu'elle n'est plus qu'un seuil au-delà duquel la damnation se devine, seule vraie mort. Baudelaire n'a pas suivi jusqu'au bout la conséquence chrétienne. Mais souvent, sur ce théâtre du corps qu'il a dressé, on n'aperçoit plus la mort physique. Elle prend les ternes couleurs du châtiment de ce monde, elle disparaît dans le spectacle de l'infirmité, du vieillissement et de la misère, elle se nie ainsi, de tragédie se faisant drame, le destin devenant souffrance, d'exaltation de l'essence devenant sa dégradation dans la longue peine du temps.

Conséquemment le jour disparaît de la poésie de Baudelaire. C'est l'autre versant de l'œuvre — où le malheur se déclare et l'emporte sur la beauté. Celle-ci même est moquée, parfois, ou peinte cruellement dans ses formes décadentes. Baudelaire est très loin alors de sa vigueur initiale. Sous un ciel de cendre et de fer (celui de *La Béatrice*) il hésite, dépossédé. Il a attendu de la mort une force. Il n'obtient qu'un monde souillé. Il craint donc, orgueilleusement, de n'avoir été que parole vaine : le « gueux », dit-il, l'« histrion ».

Déception par essence poétique. En ce point peut-être s'est tu Rimbaud. Et il se peut d'autre part que quelque obstacle venu du monde doive porter dans la poésie une destruction nécessaire. Il se peut que la poésie ne soit qu'espoir sans issue.

Mais le caractère le plus constant des *Fleurs du Mal*, c'est-à-dire de Baudelaire, reste malgré tout l'énergie.

Pierre Emmanuel, *Baudelaire. Les écrivains devant Dieu*, Desclée de Brouwer, 1967, p. 147.

Éveilleur, Baudelaire ne l'est pas seulement en art, lui par lequel la poésie se saisit enfin de sa propre essence ; cette révélation découle d'une autre, celle de l'essence spirituelle incorruptible à l'intérieur de la créature corrompue. Le malentendu quant à la portée de ce double éveil tient, nous pensons l'avoir établi, au caractère de la douleur sacrificielle qu'il entraîne selon qu'on croit celle-ci rédemptrice en Dieu, ou seulement évocatrice d'une Réalité irrémédiablement perdue.

Paul Eluard, *Œuvres complètes*, Gallimard, Bibliothèque de la Pléiade, tome II, p. 909.

C'est le goût du malheur qui fait de Baudelaire un poète éminemment moderne, au même titre que Lautréamont et Rimbaud. À une époque où le sens du mot bonheur se dégrade de jour en jour, jusqu'à devenir synonyme d'inconscience, ce goût fatal est la vertu surnaturelle de Baudelaire. Ce miroir ensorcelé dont il parle, son cerveau, ne s'embue pas. Sa profondeur préfère les ténèbres tissées de larmes et de peurs, de rêves et d'étoiles aux lamentables cortèges des privilégiés, des profiteurs noyés dans leur sourire béat. Tout ce qui se reflète dans ce miroir ensorcelé profite de l'étrange lumière que les ombres d'une vie infiniment soucieuse d'elle-même créent et fortifient, avec amour.

IV. ÉLÉMENTS POUR UNE POÉTIQUE

LE GÉNIE

L'éloge de Wagner est l'occasion de définir l'art comme l'expression d'un tempérament singulier et passionné.

« Richard Wagner et *Tannhauser* à Paris », 1861, *L'Art romantique.* Baudelaire, *OC II*, p. 806-807.

On peut toujours faire momentanément abstraction de la partie systématique que tout grand artiste volontaire introduit fatalement dans toutes ses œuvres ; il reste, dans ce cas, à chercher et à vérifier par quelle qualité propre, personnelle, il se distingue des autres. Un artiste, un homme vraiment digne de ce grand nom, doit posséder quelque chose d'essentiellement *suis generis*, par la grâce de quoi il est *lui* et non un autre. À ce point de vue, les artistes peuvent être comparés à des saveurs variées, et le répertoire des métaphores humaines n'est peut-être pas assez vaste pour fournir la définition approximative de tous les artistes connus et de tous les artistes *possibles.* Nous avons déjà, je crois, noté deux hommes dans Richard Wagner, l'homme d'ordre et l'homme passionné. C'est de l'homme passionné, de l'homme de sentiment qu'il est ici question. Dans le moindre de ses morceaux il inscrit si ardemment sa personnalité, que cette recherche de sa qualité principale ne sera pas très difficile à faire. Dès le principe, une considération m'avait vivement frappé : c'est que dans la partie voluptueuse et orgiaque de l'ouverture de *Tannhaüser*, l'artiste avait mis autant de force, développé autant d'énergie que dans la peinture de la mysticité qui caractérise l'ouverture de *Lohengrin.* Même ambition dans l'une que dans l'autre, même escalade titanique et aussi mêmes raffinements et même subtilité. Ce qui me paraît donc avant tout marquer d'une manière inoubliable la musique de ce maître, c'est l'intensité nerveuse, la violence dans la passion et dans la volonté. Cette musique-là exprime avec la voix la plus suave ou la plus stridente tout ce qu'il y a de plus caché dans le cœur de l'homme. Une ambition idéale préside, il est vrai, à toutes ses compositions ; mais si, par le choix de ses sujets et sa méthode dramatique, Wagner se rapproche de l'antiquité, par l'énergie passionnée de son expression il est actuellement le représentant le plus vrai de la nature moderne. Et toute la science, tous les efforts, toutes les combinaisons de ce riche esprit ne sont, à vrai dire, que les serviteurs très humbles et très zélés de cette irrésistible passion. Il en résulte, dans quelque sujet qu'il traite, une solennité d'accent superlative. Par cette passion il ajoute à chaque chose je ne sais quoi de surhumain ; par cette passion il comprend tout et fait tout comprendre. Tout ce qu'impliquent les mots : *volonté, désir, concentration, intensité nerveuse, explosion*, se sent et se fait deviner dans ses œuvres. Je ne crois pas me faire illusion ni tromper personne en affirmant que je vois là les principales caractéristiques du phénomène que nous appelons *génie* ; ou du moins, que dans l'analyse de tout ce que nous avons jusqu'ici légitimement appelé *génie*, on retrouve lesdites caractéristiques. En matière d'art, j'avoue que je ne hais pas l'outrance ; la modération ne m'a jamais semblé le signe d'une nature artistique vigoureuse. J'aime ces excès de santé, ces débordements de volonté qui s'inscrivent dans les œuvres comme le bitume enflammé dans le sol d'un volcan, et qui, dans la vie ordinaire, marquent souvent la phase, pleine de délices, succédant à une grande crise morale ou physique.

L'ILLUSION DU PROGRÈS

À l'occasion du portrait de son alter ego, Edgar Poe, Baudelaire critique l'idéologie du progrès, ennemie du principe poétique, et invite à ne pas confondre Progrès et Modernité.

C'est lui qui a dit, à propos du socialisme, à l'époque où celui-ci n'avait pas encore un nom, où ce nom du moins n'était pas tout à fait vulgarisé : « Le monde est infesté actuellement par une nouvelle secte de philosophes, qui ne se sont pas encore reconnus comme formant une secte, et qui conséquemment n'ont pas adopté de nom. Ce sont les *croyants à toute vieillerie* (comme qui dirait : prédicateurs en vieux). Le Grand Prêtre dans l'Est est Charles Fourier, — dans l'Ouest, Horace Greely, et grands prêtres ils sont à bon escient. Le seul lien commun parmi la secte est la Crédulité ; — appelons cela Démence, et n'en parlons plus. Demandez à l'un d'eux pourquoi il croit ceci ou cela ; et, s'il est consciencieux (les ignorants le sont généralement), il vous fera une réponse analogue à celle que fit Talleyrand, quand on lui demanda pourquoi il croyait à la Bible. " J'y crois, dit-il, d'abord parce que je suis évêque d'Autun, et en second lieu *parce que je n'y entends absolument rien.* " Ce que ces philosophes-là appellent a*rgument* est une manière à eux *de nier ce qui est et d'expliquer ce qui n'est pas.* »

Notes nouvelles sur E. Poe, 1857. Baudelaire, *OC II*, p. 324-325.

Le progrès, cette grande hérésie de la décrépitude, ne pouvait pas non plus lui échapper. Le lecteur verra, en différents passages, de quels termes il se servait pour la caractériser. On dirait vraiment, à voir l'ardeur qu'il y dépense, qu'il avait à s'en venger comme d'un embarras public, comme d'un fléau de la rue. Combien eût-il ri, de ce rire méprisant du poète qui ne grossit jamais la grappe des badauds, s'il était tombé, comme cela m'est arrivé récemment, sur cette phrase mirifique qui fait rêver aux bouffonnes et volontaires absurdités des paillasses, et que j'ai trouvée se pavanant perfidement dans un journal plus que grave : *Le progrès incessant de la science a permis tout récemment de retrouver le secret perdu et si longtemps cherché de...* (feu grégeois, trempe du cuivre, n'importe quoi disparu), *dont les applications les plus réussies remontent à une époque* barbare *et très ancienne ! ! !* — Voilà une phrase qui peut s'appeler une véritable trouvaille, une éclatante découverte, même dans un siècle de *progrès incessants* ; mais je crois que la momie Allamistakeo[1] n'aurait pas manqué de demander, avec le ton doux et discret de la supériorité, si c'était aussi grâce au progrès *incessant*, — à la loi fatale, irrésistible, du progrès, — que ce fameux secret avait été perdu. — Aussi bien, pour laisser là le ton de la farce, en un sujet qui contient autant de larmes que de rire, n'est-ce pas une chose véritablement stupéfiante de voir une nation, plusieurs nations, toute l'humanité bientôt, dire à ses sages, à ses sorciers : Je vous aimerai et je vous ferai grands, si vous me persuadez que nous progressons sans le vouloir, inévitablement, — en dormant ; débarrassez-nous de la responsabilité, voilez pour nous l'humiliation des comparaisons, sophistiquez l'histoire, et vous pourrez vous appeler les sages des sages ? — N'est-ce pas un sujet d'étonnement que cette idée si simple n'éclate pas dans tous les cerveaux : que le Progrès (en tant que progrès il y ait) perfectionne la douleur à proportion qu'il raffine la volupté, et que, si l'épiderme des peuples va se délicatisant, ils ne poursuivent évidemment qu'une *Italiam fugientem*[2], une conquête à chaque minute perdue, un progrès toujours négateur de lui-même ?

1. Héros d'une nouvelle d'Edgard Poe, « Petite discussion avec une momie », dans les *Nouvelles histoires extraordinaires*.
2. « L'Italie qui semble fuir devant eux », Virgile, *L'Énéide*, V, 628-629.

Mais ces illusions, intéressées d'ailleurs, tirent leur origine d'un fond de perversité et de mensonge, — météores des marécages, — qui poussent au dédain les âmes amoureuses du feu éternel, comme Edgar Poe, et exaspèrent les intelligences obscures, comme Jean-Jacques, à qui une sensibilité blessée et prompte à la révolte tient lieu de philosophie. Que celui-ci eût raison contre l'*Animal dépravé* [1], cela est incontestable ; mais l'animal dépravé a le droit de lui reprocher d'invoquer la simple nature. La nature ne fait que des monstres, et toute la question est de s'entendre sur le mot *sauvages*. Nul philosophe n'osera proposer pour modèles ces malheureuses hordes pourries, victimes des éléments, pâture des bêtes, aussi incapables de fabriquer des armes que de concevoir l'idée d'un pouvoir spirituel et suprême. Mais si l'on veut comparer l'homme moderne, l'homme civilisé, avec l'homme sauvage, ou plutôt une nation dite civilisée avec une nation dite sauvage, c'est-à-dire privée de toutes les ingénieuses inventions qui dispensent l'individu d'héroïsme, qui ne voit que tout l'honneur est pour le sauvage ? Par sa nature, par nécessité même, il est encyclopédique, tandis que l'homme civilisé se trouve confiné dans les régions infiniment petites de la spécialité. L'homme civilisé invente la philosophie du progrès pour se consoler de son abdication et de sa déchéance.

L'ESPRIT DU MAL

Hélas ! les vices de l'homme, si pleins d'horreur qu'on les suppose, contiennent la preuve de son goût de l'infini ; seulement, c'est un goût qui se trompe souvent de route.

1. L'homme vivant en société, selon J.-J. Rousseau.

[...] quelle loi absurde se manifeste-t-elle parfois après de coupables orgies de l'imagination, après un abus sophistique de la raison, qui est à son usage honnête et raisonnable de ce que les tours de dislocation sont à la saine gymnastique ? C'est pourquoi je préfère considérer cette condition anormale de l'esprit comme une véritable grâce, comme un miroir magique où l'homme est invité à se voir en beau, c'est-à-dire tel qu'il devrait et pourrait être ; une espèce d'excitation angélique, un rappel à l'ordre sous une forme complimenteuse. De même une certaine école spiritualiste, qui a ses représentants en Angleterre et en Amérique, considère les phénomènes surnaturels, tels que les apparitions de fantômes, les revenants, etc., comme des manifestations de la volonté divine, attentive à réveiller dans l'esprit de l'homme le souvenir des réalités invisibles.

Les Paradis artificiels, 1860. « Le Poème du haschich », I. Le goût de l'infini. Baudelaire, *OC I*, p. 402-403.

D'ailleurs cet état charmant et singulier, où toutes les forces s'équilibrent, où l'imagination, quoique merveilleusement puissante, n'entraîne pas à sa suite le sens moral dans de périlleuses aventures, où une sensibilité exquise n'est plus torturée par des nerfs malades, ces conseillers ordinaires du crime ou du désespoir, cet état merveilleux, dis-je, n'a pas de symptômes avant-coureurs. Il est aussi imprévu que le fantôme. C'est une espèce de hantise, mais de hantise intermittente, dont nous devrions tirer, si nous étions sages, la certitude d'une existence meilleure et l'espérance d'y atteindre par l'exercice journalier de notre volonté. Cette acuité de la pensée, cet enthousiasme des sens et de l'esprit, ont dû, en tout temps, apparaître à l'homme comme le premier des biens ; c'est pourquoi, ne considérant que la volupté immédiate, il a, sans s'inquiéter de violer les lois de sa constitution, cherché dans la science physique, dans la pharmaceutique, dans les plus grossières liqueurs, dans les parfums les plus subtils, sous tous les climats et dans tous les temps, les moyens de fuir, ne fût-ce que pour quelques heures, son habitacle de fange, et, comme dit l'auteur de *Lazare,* « d'emporter le paradis d'un seul coup ». Hélas ! les vices de l'homme, si pleins d'horreur qu'on les suppose, contiennent la preuve (quand ce ne serait que leur infinie expansion !) de son goût de l'infini ; seulement, c'est un goût qui se trompe souvent de route. On pourrait prendre dans un sens métaphorique le vulgaire proverbe : *Tout chemin mène à Rome*, et l'appliquer au monde moral ; tout mène à la récompense ou au châtiment, deux formes de l'éternité. L'esprit humain regorge de passions ; il en a *à revendre*, pour me servir d'une autre locution triviale ; mais ce malheureux esprit, dont la dépravation naturelle est aussi grande que son aptitude soudaine, quasi paradoxale, à la charité et aux vertus les plus ardues, est fécond en paradoxes qui lui permettent d'employer pour le mal le trop-plein de cette passion débordante. Il ne croit jamais se vendre en bloc. Il oublie, dans son infatuation, qu'il se joue à un plus fin et plus fort que lui, et que l'Esprit du Mal, même quand on ne lui livre qu'un cheveu, ne tarde pas à emporter la tête. Ce seigneur visible de la nature visible (je parle de l'homme) a donc voulu créer le paradis par la pharmacie, par les boissons fermentées, semblable à un maniaque qui remplacerait des meubles solides et des jardins véritables par des décors peints sur toile et montés sur châssis. C'est dans cette dépravation du sens de l'infini que gît, selon moi, la raison de tous les excès coupables, depuis l'ivresse solitaire et concentrée du littérateur, qui, obligé de chercher dans l'opium un soulagement à une douleur physique, et ayant ainsi découvert une source de jouissances morbides, en a fait peu à peu son unique hygiène et comme le soleil de sa vie spirituelle, jusqu'à l'ivrognerie la plus répugnante des faubourgs, qui, le cerveau plein de flamme et de gloire, se roule ridiculement dans les ordures de la route.

Parmi les drogues les plus propres à créer ce que je nomme l'*Idéal artificiel*, laissant de côté les liqueurs, qui poussent vite à la fureur matérielle et terrassent la force spirituelle, et les parfums dont l'usage excessif, tout en rendant l'imagination de l'homme plus subtile, épuise graduellement ses forces physiques, les deux plus énergiques substances, celles dont l'emploi est le plus commode et le plus sous la main, sont le hachisch et l'opium. L'analyse des effets mystérieux et des jouissances morbides que peuvent engendrer ces drogues, des châtiments inévitables qui résultent de leur usage prolongé, et enfin de l'immoralité même impliquée dans cette poursuite d'un faux idéal, constitue le sujet de cette étude.

L'IMAGINATION

Avec des matériaux dont on ne peut trouver l'origine que dans le plus profond de l'âme, l'imagination crée un monde nouveau, elle produit la sensation du neuf.

Salon de 1859, Baudelaire, *OC II*, p. 620-621.

L'artiste, le vrai artiste, le vrai poète, ne doit peindre que selon qu'il voit et qu'il sent. Il doit être *réellement* fidèle à sa propre nature. Il doit éviter comme la mort d'emprunter les yeux et les sentiments d'un autre homme, si grand qu'il soit ; car alors les productions qu'il nous donnerait seraient, relativement à lui, des mensonges, et non des *réalités*. Or, si les pédants dont je parle (il y a de la pédanterie même dans la bassesse), et qui ont des représentants partout, cette théorie flattant également l'impuissance et la paresse, ne voulaient pas que la chose fût entendue ainsi, croyons simplement qu'ils voulaient dire : « Nous n'avons pas d'imagination, et nous décrétons que personne n'en aura. »

Mystérieuse faculté que cette reine des facultés ! Elle touche à toutes les autres ; elle les excite, elle les envoie au combat. Elle leur ressemble quelquefois au point de se confondre avec elles, et cependant elle est toujours bien elle-même, et les hommes qu'elle n'agite pas sont facilement reconnaissables à je ne sais quelle malédiction qui dessèche leurs productions comme le figuier de l'Évangile.

Elle est l'analyse, elle est la synthèse ; et cependant des hommes habiles dans l'analyse et suffisamment aptes à faire un résumé peuvent être privés d'imagination. Elle est cela, et elle n'est pas tout à fait cela. Elle est la sensibilité, et pourtant il y a des personnes très sensibles, trop sensibles peut-être, qui en sont privées. C'est l'imagination qui a enseigné à l'homme le sens moral de la couleur, du contour, du son et du parfum. Elle a créé, au commencement du monde, l'analogie et la métaphore. Elle décompose toute la création, et, avec les matériaux amassés et disposés suivant des règles dont on ne peut trouver l'origine que dans le plus profond de l'âme, elle crée un monde nouveau, elle produit la sensation du neuf. Comme elle a créé le monde (on peut bien dire cela, je crois, même dans un sens religieux), il est juste qu'elle le gouverne. Que dit-on d'un guerrier sans imagination ? Qu'il peut faire un excellent soldat, mais que, s'il commande des armées, il ne fera pas de conquêtes. Le cas peut se comparer à celui d'un poète ou d'un romancier qui enlèverait à l'imagination le commandement des facultés pour le donner, par exemple, à la connaissance de la langue ou à l'observation des faits. Que dit-on d'un diplomate sans imagination ? Qu'il peut très bien connaître l'histoire des traités et des alliances dans le passé, mais qu'il ne devinera pas les traités et les alliances contenus dans l'avenir. D'un savant sans imagination ? Qu'il a appris tout ce qui, ayant été enseigné, pouvait être appris, mais qu'il ne trouvera pas les lois non encore devinées.

L'imagination est la reine du vrai, et le *possible* est une des provinces du vrai. Elle est positivement apparentée avec l'infini.

LES CORRESPONDANCES

Les parfums, les couleurs et les sons se répondent.

Les Paradis artificiels, 1860, « Le Poème du haschich » (III). Baudelaire, *OC I*, p. 419.

C'est en effet à cette période de l'ivresse que se manifeste une finesse nouvelle, une acuité supérieure dans tous les sens. L'odorat, la vue, l'ouïe, le toucher participent également à ce progrès. Les yeux visent l'infini. L'oreille perçoit des sons presque insaisissables au milieu du plus vaste tumulte. C'est alors que commencent les hallucinations. Les objets extérieurs prennent lentement, successivement, des apparences singulières ; ils se déforment et se transforment. Puis, arrivent les équivoques, les méprises et les transpositions d'idées. Les sons se revêtent de couleurs, et les couleurs contiennent une musique. Cela, dira-t-on, n'a rien que de fort naturel, et tout cerveau poétique, dans son état sain et normal, conçoit facilement ces analogies. Mais j'ai déjà averti le lecteur qu'il n'y avait rien de positivement surnaturel dans l'ivresse du hachisch ; seulement, ces analogies revêtent alors une vivacité inaccoutumée ; elles pénètrent, elles envahissent, elles accablent l'esprit de leur caractère despotique. Les notes musicales deviennent des nombres, et si votre esprit est doué de quelque aptitude mathématique, la mélodie, l'harmonie écoutée, tout en gardant son caractère voluptueux et sensuel, se transforme en une vaste opération arithmétique, où les nombres engendrent les nombres, et dont vous suivez les phases et la génération avec une facilité inexplicable et une agilité égale à celle de l'exécutant.

Il arrive quelquefois que la personnalité disparaît et que l'objectivité, qui est le propre des poètes panthéistes, se développe en vous si anormalement, que la contemplation des objets extérieurs vous fait oublier votre propre existence, et que vous vous confondez bientôt avec eux.

La peinture de Delacroix ou les beaux jours de l'esprit

Edgar Poe dit, je ne sais plus où, que le résultat de l'opium pour les sens est de revêtir la nature entière d'un intérêt surnaturel qui donne à chaque objet un sens plus profond, plus volontaire, plus despotique. Sans avoir recours à l'opium, qui n'a connu ces admirables heures, véritables fêtes du cerveau, où les sens plus attentifs perçoivent des sensations plus retentissantes, où le ciel d'un azur plus transparent s'enfonce comme un abîme plus infini, où les sons tintent musicalement, où les couleurs parlent, où les parfums racontent des mondes d'idées ? Eh bien, la peinture de Delacroix me paraît la traduction de ces beaux jours de l'esprit. Elle est revêtue d'intensité et sa splendeur est privilégiée. Comme la nature perçue par des nerfs ultra-sensibles, elle révèle le surnaturalisme.

« Eugène Delacroix », *Exposition universelle, 1855*. Baudelaire, *OC II*, p. 596.

LA MODERNITÉ

La modernité c'est la moitié de l'art, dont l'autre moitié est l'éternel et l'immuable.

Ainsi il va, il court, il cherche. Que cherche-t-il ? À coup sûr, cet homme, tel que je l'ai dépeint, ce solitaire doué d'une imagination active, toujours voyageant à travers *le grand désert d'hommes*, a un but plus élevé que celui d'un pur flâneur, un but plus général, autre que le plaisir fugitif de la circonstance. Il cherche ce quelque chose qu'on nous

« Le peintre de la vie moderne ». IV La modernité, *L'Art romantique*, 1868. Baudelaire, *OC II*, p. 694.

permettra d'appeler la *modernité* ; car il ne se présente pas de meilleur mot pour exprimer l'idée en question. Il s'agit, pour lui, de dégager de la mode ce qu'elle peut contenir de poétique dans l'historique, de tirer l'éternel du transitoire. Si nous jetons un coup d'œil sur nos expositions de tableaux modernes, nous sommes frappés de la tendance générale des artistes à habiller tous les sujets de costumes anciens. Presque tous se servent des modes et des meubles de la Renaissance, comme David se servait des modes et des meubles romains. Il y a cependant cette différence, que David, ayant choisi des sujets particulièrement grecs ou romains, ne pouvait pas faire autrement que de les habiller à l'antique, tandis que les peintres actuels, choisissant des sujets d'une nature générale applicable à toutes les époques, s'obstinent à les affubler des costumes du Moyen Âge, de la Renaissance ou de l'Orient. C'est évidemment le signe d'une grande paresse ; car il est beaucoup plus commode de déclarer que tout est absolument laid dans l'habit d'une époque, que de s'appliquer à en extraire la beauté mystérieuse qui y peut être contenue, si minime ou si légère qu'elle soit. La modernité, c'est le transitoire, le fugitif, le contingent, la moitié de l'art, dont l'autre moitié est l'éternel et l'immuable. Il y a eu une modernité pour chaque peintre ancien ; la plupart des beaux portraits qui nous restent des temps antérieurs sont revêtus des costumes de leur époque. Ils sont parfaitement harmonieux, parce que le costume, la coiffure et même le geste, le regard et le sourire (chaque époque a son port, son regard et son sourire) forment un tout d'une complète vitalité. Cet élément transitoire, fugitif, dont les métamorphoses sont si fréquentes, vous n'avez pas le droit de le mépriser ou de vous en passer. En le supprimant, vous tombez forcément dans le vide d'une beauté abstraite et indéfinissable, comme celle de l'unique femme avant le premier péché. Si au costume de l'époque, qui s'impose nécessairement, vous en substituez un autre, vous faites un contresens qui ne peut avoir d'excuse que dans le cas d'une mascarade voulue par la mode. Ainsi, les déesses, les nymphes et les sultanes du XVIIIe siècle sont des portraits *moralement* ressemblants.

Il est sans doute excellent d'étudier les anciens maîtres pour apprendre à peindre, mais cela ne peut être qu'un exercice superflu si votre but est de comprendre le caractère de la beauté présente. Les draperies de Rubens ou de Véronèse ne vous enseigneront pas à faire de la *moire antique*, du *satin à la reine*, ou toute autre étoffe de nos fabriques, soulevée, balancée par la crinoline ou les jupons de mousseline empesée. Le tissu et le grain ne sont pas les mêmes que dans les étoffes de l'ancienne Venise ou dans celles portées à la cour de Catherine. Ajoutons aussi que la coupe de la jupe et du corsage est absolument différente, que les plis sont disposés dans un système nouveau, et enfin que le geste et le port de la femme actuelle donnent à sa robe une vie et une physionomie qui ne sont pas celles de la femme ancienne. En un mot, pour que toute *modernité* soit digne de devenir antiquité, il faut que la beauté mystérieuse que la vie humaine y met involontairement en ait été extraite.

V. BIBLIOGRAPHIE

Les publications ont été répertoriées en fonction de leur date de parution, de la plus ancienne à la plus récente.

ÉDITIONS DES *FLEURS DU MAL*

ÉDITION CRÉPET-BLIN

Les Fleurs du Mal, Paris, José Corti, 1942. Refondue par Georges Blin et Claude Pichois, t. I (textes), 1968.

ÉDITION POMMIER-PICHOIS

Les Fleurs du Mal, avec certaines images qui ont pu inspirer le poète, par Jean Pommier et Claude Pichois, Club des Libraires de France, 1959.

LE CLUB FRANÇAIS DU LIVRE

Y. Florenne présente *l'édition de 1857* dans le tome I des *Œuvres complètes*, 1966.

L'INTÉGRALE

Baudelaire. Œuvres complètes. Préface, présentation et notes de Marcel A. Ruff, Le Seuil, 1968.

BIBLIOTHÈQUE DE LA PLÉIADE

Œuvres complète, t. I et II, par Claude Pichois, 1975-1976. Le t. I contient *Les Fleurs du Mal*.

IMPRIMERIE NATIONALE

Les Fleurs du Mal, texte présenté par Max Milner, Paris, 1978.

BIOGRAPHIE

Claude Pichois et Jean Ziegler, *Baudelaire*, Paris, Julliard, 1987.

Claude Pichois, *Baudelaire à Paris*, Paris, Hachette, 1967.

Claude Pichois, *Album Baudelaire*, Paris, Gallimard, 1974. Monographie réunie et commentée.

W. T. Bandy et Claude Pichois, *Baudelaire jugé par ses contemporains*, Monaco, Éditions du Rocher, 1957 et UGE, 10/18, n°s 364-365, 1967.

Yann Le Pichon, Claude Pichois, *Le Musée retrouvé de Charles Baudelaire*, Paris, Stock, 1992.

ÉTUDES D'ENSEMBLE

Robert Vivier, *L'Originalité de Baudelaire*, Bruxelles, 1926.

André Ferran, *L'Esthétique de Baudelaire*, Paris, Hachette, 1933. Rééd. Paris, Nizet, 1968.

Georges Blin, *Baudelaire*, Paris, Gallimard, 1939.

Georges Blin, *Le Sadisme de Baudelaire*, Paris, José Corti, 1948.

Jean Pommier, *Dans les chemins de Baudelaire*, Paris, José Corti, 1945.

Jean Massin, *Baudelaire entre Dieu et Satan*, Paris, Julliard, 1945.

Jean-Paul Sartre, *Baudelaire*, Paris, Gallimard, coll. « Les Essais », 1947.

Benjamin Fondane, *Baudelaire et l'expérience du gouffre*, Paris, Seghers, 1947.

Pascal Pia, *Baudelaire par lui-même*, Paris, Le Seuil, 1952.

Jean Prévost, *Baudelaire*, Paris, Mercure de France, 1953.

M. A. Ruff, *L'Esprit du Mal et l'esthétique baudelairienne*, Paris, Armand Colin, 1955.

M. A. Ruff, *Baudelaire, l'homme et l'œuvre*, Paris, Hatier-Boivin, 1955.

Claude Pichois, *Baudelaire. Études et témoignages*, Neuchâtel, La Baconnière, 1967.

Max Milner, *Baudelaire, enfer ou ciel ! qu'importe*, Paris, Plon, 1967.

Walter Benjamin, *Charles Baudelaire*, trad. franç. 1974, Petite Bibliothèque Payot.
Jérôme Thélot, *Baudelaire violence et poésie*, Paris, Gallimard, 1993.

ÉTUDES SUR *LES FLEURS DU MAL*

Jean Pommier, *La Mystique de Baudelaire*, Paris, Les Belles Lettres, 1932.
Jean Pommier, *Autour de l'édition originale des « Fleurs du Mal »*, Genève, Slatkine reprints, 1968.
R. B. Chérix, *Commentaire des « Fleurs du Mal »*, Genève, P. Cailler, 1949.
Claude Zilberberg, *Une lecture des « Fleurs du Mal »*, Paris, Mame, 1972.
Jean Starobinski, « Les Rimes du vide », *Nouvelle Revue de Psychanalyse*, Printemps 1975.
Hugo Friedrich, *Structures de la poésie moderne*, Paris, Denoël-Gontier, 1976, éd. franç., chap. II.
J. E. Jackson, *La Mort Baudelaire*, Neuchâtel, La Baconnière, 1982.
M. Quesnel, *Baudelaire solaire et clandestin*, Paris, PUF, 1987.
Jean Pellegrin, *Réversibilité de Baudelaire*, Université de Lille III, 1988.
Jean Starobinski, *La Mélancolie au miroir*, Paris, Julliard, 1989.
Graham Robb, *La Poésie de Baudelaire et la poésie française, 1838-1852*, Paris, Aubier, 1993.

COLLOQUES ET RECUEILS COLLECTIFS

Études baudelairiennes, Neuchâtel, La Baconnière.
Bulletin baudelairien, Centre d'études baudelairiennes, Université Vanderbilt, Nashville, Tennessee, États-Unis.
Revue des Sciences humaines, centenaire des *Fleurs du Mal*, 1957, n° 89, *Baudelaire*, 1967, n° 127.

Journées Baudelaire, Namur-Bruxelles, oct. 1967, Bruxelles, 1968.
Baudelaire, Actes du colloque de Nice, 1967, Paris, Minard, 1968.
Regards sur Baudelaire, Actes du colloque de London (Canada), 1970, Lettres modernes, Paris, Minard, 1974.
Baudelaire. *Les Fleurs du Mal*, préface de Max Milner, Société des études romantiques, Paris, SEDES, 1989.

VI. INDEX DE QUELQUES THÈMES

VII. INDEX DES POÈMES

TABLE

ESSAI

DANS LA MÊME COLLECTION

Jean-Louis Backès *Crime et châtiment de Fedor Dostoïevski* (40)
Patrick Berthier *Colomba de Prosper Mérimée* (15)
Philippe Berthier *Eugénie Grandet d'Honoré de Balzac* (14)
Philippe Berthier *La Chartreuse de Parme de Stendhal* (49)
Michel Bigot *Zazie dans le métro de Raymond Queneau* (34)
Michel Bigot, Marie-France Savéan *La cantatrice chauve / La leçon d'Eugène Ionesco* (3)
André Bleikasten *Sanctuaire de William Faulkner* (27)
Arlette Bouloumié *Vendredi ou les Limbes du Pacifique de Michel Tournier* (4)
Marc Buffat *Les mains sales de Jean-Paul Sartre* (10)
Claude Burgelin *Les mots de Jean-Paul Sartre* (35)
Mariane Bury *Une vie de Guy de Maupassant* (41)
Pierre Chartier *Les faux-monnayeurs d'André Gide* (6)
Pierre Chartier *Candide de Voltaire* (39)
Mireille Cornud-Peyron *Le voyageur sans bagages et Le bal des voleurs de Jean Anouilh* (31)
Marc Dambre *La symphonie pastorale d'André Gide* (11)
Michel Décaudin *Alcools de Guillaume Apollinaire* (23)
Jacques Deguy *La nausée de Jean-Paul Sartre* (28)
Louis Forestier *Boule de suif et La maison Tellier de Guy de Maupassant* (45)
Danièle Gasiglia-Laster *Paroles de Jacques Prévert* (29)
Jean-Charles Gateau *Capitale de la douleur de Paul Éluard* (33)
Henri Godard *Voyage au bout de la nuit de Louis-Ferdinand Céline* (2)
Jeannine Guichardet *Le père Goriot d'Honoré de Balzac* (24)
Jean-Jacques Hamm *Le Rouge et le Noir de Stendhal* (20)
Philippe Hamon *La bête humaine d'Émile Zola* (38)
Geneviève Hily-Mane *Le vieil homme et la mer d'Ernest Hemingway* (7)
Emmanuel Jacquart *Rhinocéros d'Eugène Ionesco* (44)
Alain Juillard *Le passe-muraille de Marcel Aymé* (43)
Anne-Yvonne Julien *L'Œuvre au Noir de Marguerite Yourcenar* (26)
Thierry Laget *Un amour de Swann de Marcel Proust* (1)
Thierry Laget *Du côté de chez Swann de Marcel Proust* (21)
Claude Launay *Les Fleurs du Mal de Charles Baudelaire* (48)
Marie-Christine Lemardeley-Cunci *Des souris et des hommes de John Steinbeck* (16)
Claude Leroy *L'or de Blaise Cendrars* (13)
Henriette Levillain *Mémoires d'Hadrien de Marguerite Yourcenar* (17)
Henriette Levillain *La Princesse de Clèves de Madame de La Fayette* (46)
Jacqueline Lévi-Valensi *La peste d'Albert Camus* (8)
Marie-Thérèse Ligot *Un barrage contre le Pacifique de Marguerite Duras* (18)

François Marotin *Mondo et autres histoires de J. M. G. Le Clézio* (47)
Alain Meyer *La condition humaine d'André Malraux* (12)
Pascaline Mourier-Casile *Nadja d'André Breton* (37)
Jean-Pierre Naugrette *Sa Majesté des Mouches de William Golding* (25)
François Noudelmann *Huis clos et Les mouches de Jean-Paul Sartre* (30)
Bernard Pingaud *L'Étranger d'Albert Camus* (22)
Jean-Yves Pouilloux *Les fleurs bleues de Raymond Queneau* (5)
Jean-Yves Pouilloux *Fictions de Jorge Luis Borges* (19)
Frédéric Regard *1984 de George Orwell* (32)
Mireille Sacotte *Un roi sans divertissement de Jean Giono* (42)
Marie-France Savéan *La place et Une femme d'Annie Ernaux* (36)
Claude Thiébaut *La métamorphose et autres récits de Franz Kafka* (9)

À PARAÎTRE

Annie Becq *Jacques le Fataliste de Diderot*
Jean Dufournet *Perceval ou le conte du Graal de Chrétien de Troyes*
Pascal Durand *Poésies de Mallarmé*
Laurent Fourcaut *Le chant du monde de Jean Giono*
Henri Godard *Mort à crédit de Céline*
Daniel Grojnowski *À rebours de Huysmans*
Pierre-Louis Rey *Madame Bovary de Flaubert*

Composition Traitext
Impression B.C.I.
à Saint-Amand (Cher), le 6 septembre 1995.
Dépôt légal : septembre 1995.
Numéro d'imprimeur : 1/2122.
ISBN 2-07-038672-4./Imprimé en France.

63487